DECODIFICANDO
DA VINCI

Amy Welborn

DECODIFICANDO DA VINCI

Os fatos por trás da ficção
de *O Código Da Vinci*

Tradução
ROSANE ALBERT

EDITORA CULTRIX
São Paulo

Título original: *De-coding Da Vinci.*

Copyright © 2004 Our Sunday Visitor Publishing Division, Our Sunday Visitor, Inc.

Todos os direitos reservados. Nenhuma parte deste livro pode ser reproduzida ou usada de qualquer forma ou por qualquer meio, eletrônico ou mecânico, inclusive fotocópias, gravações ou sistema de armazenamento em banco de dados, sem permissão por escrito exceto nos casos de trechos curtos citados em resenhas críticas ou artigos de revistas.

A Editora Pensamento-Cultrix Ltda. não se responsabiliza por eventuais mudanças ocorridas nos endereços convencionais ou eletrônicos citados neste livro.

Atenção: Na tradução deste livro, os trechos da Bíblia foram extraídos da Bíblia traduzida por João Ferreira de Almeida – 3ª impressão, 1948.

O primeiro número à esquerda indica a edição, ou reedição, desta obra. A primeira dezena à direita indica o ano em que esta edição, ou reedição foi publicada.

Edição

Ano

7-8-9-10-11-12-13-14-15

10-11-12-13-14-15-16-17

Direitos de tradução para o Brasil
adquiridos com exclusividade pela
EDITORA PENSAMENTO-CULTRIX LTDA.
Rua Dr. Mário Vicente, 368 – 04270-000 – São Paulo, SP
Fone: 2066-9000 – Fax: 2066-9008
E-mail: pensamento@cultrix.com.br
http://www.pensamento-cultrix.com.br
que se reserva a propriedade literária desta tradução.
Foi feito o depósito legal.

IMPRESSÃO E ACABAMENTO
COMETA GRÁFICA EDITORA
TEL/FAX - 11 2062.8999
www.cometagrafica.com.br

SUMÁRIO

Prefácio		7
Como Usar Este Livro		11
Introdução		13
um:	Segredos e Mentiras	25
dois:	Quem Escolheu os Evangelhos?	33
três:	A Eleição Divina	47
quatro:	Reis Derrubados?	57
cinco:	Maria, Chamada Madalena	69
seis:	A Época da Deusa?	79
sete:	Deuses Roubados? O Cristianismo e as Religiões dos Mistérios	89
oito:	Ele Apreendeu Leonardo Da Vinci Corretamente?	99
nove:	O Graal, o Priorado e os Cavaleiros Templários	113
dez:	O Código Católico	123
Epílogo: Por que é Importante		133

"A ignorância das Escrituras é a ignorância de Cristo."

SÃO JERÔNIMO
Prólogo a Isaías

PREFÁCIO

Na primavera de 2003, a editora Doubleday lançou um romance chamado *O Código Da Vinci*, de Dan Brown.

Sustentado por uma intensa campanha de *marketing* pré-publicação fora do comum, *O Código Da Vinci* decolou e, depois de pouco mais de um ano, vendeu quase seis milhões de cópias de capa dura e logo estará sendo exibido num cinema perto de você no filme dirigido por Ron Howard (*Apollo 13, Uma Mente Brilhante*).

As prateleiras das livrarias estão lotadas de *thrillers* de suspense, mas parece que existe alguma coisa diferente em relação a *O Código Da Vinci* — ele leva as pessoas a falarem dele de uma forma que os romances de James Patterson ou John Grisham não conseguem. O que está acontecendo?

Para falar bem a verdade, a primeira coisa que ocorre aqui é um *marketing* brilhante. É importante ter consciência de que nos dias de hoje, quando houver um zunzunzum em torno de um produto, na maioria das vezes é porque uma empresa trabalhou muito para criar esse zunzunzum, como a Doubleday fez com esse livro bem antes de sua publicação.

Mas existem algumas coisas além disso, é claro. Assim que as pessoas começam a ler *O Código Da Vinci*, elas não podem deixar de ficar pensando sobre algumas das afirmações embaraçosas que o autor Dan Brown faz em seu romance:

- Leonardo da Vinci realmente usou a sua arte para comunicar um conhecimento secreto sobre o Santo Graal?
- É verdade que os Evangelhos não contam a verdadeira história de Jesus?
- Jesus e Maria Madalena eram casados?
- Na verdade, Jesus nomeou Maria Madalena e não Pedro como líder do seu movimento?

O que parece intrigar os leitores é que as personagens de *O Código Da Vinci* têm respostas para essas perguntas, e essas são expressas no livro como se fossem baseadas em fatos, apoiadas no trabalho e nas opiniões de historiadores e de outros pesquisadores. Brown cita dentro do romance até mesmo livros reais como fontes. Os leitores naturalmente ficam imaginando por que nunca ouviram essas idéias antes. Eles também ficam imaginando quais seriam as implicações para sua fé, se o que Brown diz for verdade. Afinal, se os Evangelhos são relatos falsos, então todo o Cristianismo como o conhecemos é uma mentira?

O propósito deste livro é ajudá-lo a desenredar tudo isso e explorar a verdade por trás de *O Código Da Vinci*. Examinaremos as fontes de Brown e vamos verificar se elas são testemunhas confiáveis para a história. Questionaremos se a caracterização dele dos primitivos textos, ensinamentos e disputas cristãos — eventos que são fartamente documentados e têm sido estudados durante centenas de anos por pessoas inteligentes e de mente aberta — é correta. Examinaremos Jesus e Maria Madalena — as pessoas que ocupam o centro do romance — e vamos verificar se alguma coisa de tudo o que *O Código Da Vinci* tem a dizer sobre eles tem base em registros históricos. E, ao fazê-lo, descobriremos um número espantoso de erros clamorosos e evidentes em pequenas e grandes questões que devem servir como sinal de alerta para quem for ler o romance como se ele fosse uma fonte de fatos em vez de pura ficção.

Em *O Código Da Vinci*, somos constantemente lembrados de que as coisas não são realmente como parecem ser.

Leia este livro com a mente aberta; você vai descobrir quanto isso é verdadeiro.

COMO USAR ESTE LIVRO

Você não precisa ter lido *O Código Da Vinci* para tirar proveito da leitura deste livro. Um resumo detalhado do enredo é fornecido para que você possa compreender os temas mais importantes levantados pelo romance e ficar mais bem informado quando for conversar a respeito dele com outras pessoas.

Em *Decodificando Da Vinci*, tratei das perguntas que me foram feitas com mais freqüência pelos leitores do romance, particularmente com relação a temas históricos e teológicos. Você também vai encontrar textos em boxes que corrigem e esclarecem muitos dos erros e incorreções menos importantes que aparecem em *O Código Da Vinci*.

Este livro é útil tanto para as pessoas individualmente como para grupos. No final de cada capítulo encontram-se questões para revisão e discussão dos temas abordados.

As alegações específicas de *O Código Da Vinci* funcionam neste livro para um propósito maior. Examiná-las nos dá uma oportunidade de rever os ensinamentos cristãos básicos sobre a identidade e o ministério de Jesus, a história da Igreja primitiva, o papel das mulheres na religião e a ligação entre a fé apostólica e a nossa fé atual. Quer você tenha lido ou não *O Código Da Vinci*, espero que encontre neste livro uma oportunidade para desenvolver sua compreensão das raízes históricas da autêntica fé cristã.

INTRODUÇÃO

O *Código Da Vinci* reúne elementos de atração para muitos leitores: suspense, segredos, um quebra-cabeça, uma sugestão de romance e a suspeita de que o mundo não é o que parece, e os Poderes Instituídos não querem que você conheça A Verdade Que Está Aí.

O romance começa quando Robert Langdon, um professor de Harvard de "simbologia religiosa" (a propósito, essa matéria não existe), em visita a Paris, é chamado à cena de um crime no Louvre. Um curador, Jacques Saunière, reverenciado como especialista na deusa e no "sagrado feminino", é encontrado morto — presumivelmente assassinado — numa das galerias.

Antes de morrer, ao que tudo indica, Saunière teve tempo suficiente para dispor o próprio corpo no chão na posição do desenho de Leonardo da Vinci *O Homem Vitruviano* — a famosa imagem de uma figura humana, com os membros estendidos, dentro de um círculo —, além de deixar algumas outras pistas envolvendo números, anagramas e um pentagrama desenhado em seu corpo com o seu próprio sangue.

Nesse meio tempo, Sophie Neveu, uma criptologista que é também neta de Saunière, é enviada para a cena do crime. Ela havia recebido um telefonema dele horas antes, em que o avô implorava para que ela fosse vê-lo, para que fizessem as pazes e para que ficasse sabendo de alguma coisa importante sobre a família dela. Sophie é capaz de interpretar as pistas que o avô deixou, conversa diversas vezes com Langdon a respeito do culto à deusa, descobre uma Chave Muito Importante que ele deixou para ela atrás de um outro quadro de Leonardo, e... nós estamos por fora.

Quem matou Saunière? Qual era o segredo que ele guardava? O que ele quer que Sophie entenda? Por que um "gorila" albino da Opus Dei está querendo matar todo mundo? O resto do romance, encerrando quatrocentas e setenta e nove páginas, cento e cinco capítulos, mas, surpreendentemente, cobrindo o espaço de tempo de um pouco mais de um único dia, leva-nos a vários pontos da Europa, junto com Langdon e Sophie, procurando a resposta, que, muito simplesmente, é esta:

(Desculpe-me por estragar a trama, mas isto precisa ser feito.)

Saunière era um Grão-Mestre de um vago grupo secreto denominado "O Priorado de Sião", dedicado à causa da preservação da verdade sobre Jesus, Maria Madalena e, por extensão, sobre toda a raça humana.

A humanidade, como o livro nos conta, originalmente e por milênios, praticou uma espiritualidade que se equilibrava entre o masculino e o feminino, em que as deusas e o poder das mulheres eram reverenciados.

Era disso que Jesus tratava. Ele viveu e pregou uma mensagem de paz, amor e unidade humana, e, para dar realidade à mensagem, ele tomou Maria Madalena como sua esposa e confiou-lhe a liderança do movimento. Ela estava grávida de um filho deles quando Jesus foi crucificado.

Pedro, com ciúmes do papel de Maria, levou o seu próprio objetivo ao movimento reunido em torno de Jesus, objetivo este dedicado a reprimir e substituir os ensinamentos de Jesus pelos seus e a suplantar Maria Madalena, ocupando ele mesmo o lugar de líder do movimento.

Maria foi obrigada a fugir para a França, onde acabou morrendo. A descendência dela e de Jesus foi a raiz da linhagem real merovíngia na França, e ela e o "sagrado feminino" que ela representa — não qualquer cálice material — são o verdadeiro "Santo Graal".

> Os membros da família real merovíngia foram os fundadores de Paris, como diz Brown? (veja *OCDV*, p. 274). Nem remotamente. Paris foi fundada por uma tribo celta de gauleses chamada Parisii no século terceiro a.C. O que os merovíngios fizeram foi tornar Paris a capital do império frâncico em 508 d.C.

Assim, a história dos dois mil anos passados é, subjacente a todos os eventos registrados nos livros de história (pelos "vencedores", é claro), uma história de batalhas entre a Igreja Católica (não a Cristandade como um todo, note bem, mas a Igreja Católica) e o Priorado de Sião. A Igreja, ao estabelecer os Cânones das Escrituras, declarações doutrinais e mesmo o tratamento dado às mulheres, trabalhou para suprimir a verdade sobre o Santo Graal e, por extensão, o "sagrado feminino", enquanto os Templários e o Priorado de Sião lutavam para proteger o Graal (ossos de Maria), sua descendência e a devoção ao "sagrado feminino".

Saunière tinha guardado esse conhecimento, conhecimento que Leonardo da Vinci, ele mesmo um membro do Priorado, tinha infiltrado em todo o seu trabalho. Saunière também tinha um interesse pessoal nisso — ele, e portanto sua neta Sophie, pertenciam a essa linhagem merovíngia. Mas Sophie, é claro, não sabia nada disso, e se mantivera afastada do avô durante anos, depois de ter descoberto por acaso uma sala secreta na casa de campo dele e, chocada, depois de tê-lo visto com uma mulher, no meio de um grupo de espectadores mascarados que entoavam cantos, em algum tipo de ritual sexual extático.

É claro que no final ficamos sabendo que essa mulher era a sua avó, e tudo o que ela e o avô estavam fazendo naquela sala era conservar viva a fé. Também aprendemos que o "Graal" — os restos mortais de Maria Madalena e os documentos provando sua linhagem de sangue — estão enterrados dentro da pirâmide cintilante de vidro de vinte e um metros projetada pelo arquiteto I. M. Pei, que é a nova entrada para o Louvre, onde, no final do romance, Langdon cai de joelhos, em veneração, ouvindo, ele acha, a sabedoria dos tempos, em voz de mulher, vindo da terra até ele.

Nada de Novo Debaixo do Sol

Grande parte dos elementos que serviram de base para a trama de *O Código Da Vinci* dá a impressão de ser novidade e intrincadamente criativa, mas a desagradável verdade é que a maioria deles nem nova é.

O que Brown fez, bem simplesmente, foi tramar os diferentes fios de toda especulação, conhecimento esotérico e pseudo-história publicada em outros livros, socando tudo isso nas páginas do seu romance. Se você já estiver familiarizado com esses outros livros, vai ser até chocante perceber o quanto desse romance foi simplesmente plagiado dos outros.

Brown fornece uma bibliografia no seu *website* e cita alguns desses livros no próprio romance. Suas fontes repousam em três categorias principais:

1) *Holy Blood, Holy Grail* **e a linhagem de sangue.** Este livro, escrito por Michael Baigent, Richard Leigh e Henry Lincoln, foi publicado em 1981 e serviu de base para um programa de televisão de uma empresa inglesa de radiotransmissão. Apresentado ao mercado consumidor como não-ficção, ele é amplamente ridicularizado como um trabalho de especulação, afirmativas infundadas e baseado em documentos fraudulentos. Os autores eram, na época da publicação do livro, um professor com diploma de psicologia, um romancista e um produtor de televisão, respectivamente.

Um outro título do gênero é *The Templar Revelation*, de Lynn Picknett e Clive Prince, especialistas em paranormalidade, que também têm a seu crédito *The Mammoth Book of UFOs*. Toda a parte ligada a Jesus–Maria Madalena–Santo Graal–Priorado de Sião de *O Código Da Vinci* vem desses dois livros.

2) O "sagrado feminino". Desde o século 19, algumas pessoas têm especulado sobre uma era perdida da deusa, durante a qual o "sagrado feminino" foi reverenciado, um período que foi suplantado por uma guerra fomentada pelo patriarcado. Mais recentemente, alguns escritores combinaram essa idéia com suas imagens de Maria Madalena. Uma americana chamada Margaret Starbird fez disso a sua cruzada particular em muitos livros. A apresentação de Brown sobre Maria Madalena depende em alto grau da obra de Starbird, especialmente do livro *The Woman With the Alabaster Jar*, que a própria Starbird descreve como "ficção".

3) Gnosticismo. Como veremos mais adiante, o "gnosticismo" era uma doutrina intelectual e espiritual difundida no mundo antigo. Tinha muitas facetas, mas, em resumo, a maioria das formas de pensamento gnóstico era esotérica (o verdadeiro conhecimento estava disponível apenas para alguns — a palavra "gnosis" significa "conhecimento") e antimaterial (eles viam o mundo físico, incluindo o próprio corpo, como o mal).

Há alguns textos datados do século 2 ao século 5 que são evidentemente sínteses dos pensamentos gnóstico e cristão. Os eruditos têm opiniões variadas sobre esses textos, mas eles são datados pela maioria como muito posteriores aos Evangelhos, com — e isso é importante — *pouca, se é que com alguma, visão diretamente independente das verdadeiras palavras e ações de Jesus.* Brown ignora essa visão, preferindo contar com a obra de uma restrita minoria de eruditos e outros escritores não ilustrados que acreditam que os escritos gnósticos refletem verdadeiramente a realidade do primeiro movimento que se reuniu em torno de Jesus. É nessas obras que Brown baseia suas descrições do que Jesus "realmente" pensava.

Essas fontes devem sinalizar o perigo imediatamente. Não há nem ao menos uma obra séria sobre a história do Cristianismo na sua bibliografia — nem uma obra significativa de estudo do Novo Testamento, ou mesmo referências bibliográficas comuns que se espera que sejam usadas por qualquer leitor não formado em história do Cristianismo primitivo. Ele nem mesmo cita o próprio Novo Testamento como fonte dos primórdios da história cristã.

Um dos pontos que Brown freqüentemente enfatiza nas entrevistas é que o seu trabalho trata em parte de recobrar a história perdida que foi suprimida. Ele gosta de afirmar que a história é "escrita pelos vencedores". Isso significa que, se você enxerga eventos históricos como uma luta entre forças, os vitoriosos são os que deixarão registros e que a versão deles da história é que sobreviverá. As fontes que ele usa pretendem apresentar essa "história perdida". Há um núcleo de verdade dentro dessa perspectiva, evidentemente. A história nunca pode ser apresentada de uma maneira totalmente objetiva. Sempre vemos e relatamos os acontecimentos através do prisma da perspectiva. Cada um dos envolvidos num acidente de carro, por exemplo, tem uma visão ligeiramente diferente do que aconteceu.

Mas isso não quer dizer que o acidente em si *não tenha acontecido*.

Enquanto os espectadores de um acidente podem estar inseguros com relação ao exato desenrolar dos acontecimentos, e certamente a vítima sempre conta uma história diferente daquela contada pelo motorista responsável, não há dúvida de que houve um acidente, nem existe qualquer dúvida de que, a despeito das limitações dos observadores, há, de fato, uma verdade objetiva com relação a quem provocou o acidente, não importa o grau de dificuldade que exista para desenterrá-la.

Da mesma forma, isso é verdadeiro para o registro histórico. É verdade, por exemplo, que até épocas mais recentes a conquista do Oeste foi contada da perspectiva dos europeus, os "vencedores". Ultimamente, os estudiosos têm tentado contar o outro lado da história, o dos povos nativos, cuja perspectiva sobre a conquista é obviamente diferente. Não há dúvida então de que há mais a ser revelado sobre a conquista européia da América do Norte do que os conquistadores dizem, do que os povos nativos dizem, ou do que qualquer um de nós possa compreender completamente. O que permanece como verdade, entretanto, é que a conquista *aconteceu* em virtude de certos motivos e com conseqüências particulares que, se tivermos a informação correta, podem ser percebidos, mesmo que sejam interpretados de forma diferente.

Entretanto, em *O Código Da Vinci*, é usada a expressão "a história é escrita pelos vencedores" para sugerir que toda a história do Cristianismo, começando pelo próprio Jesus, *é uma mentira*, escrita por aqueles que estavam determinados a suprimir a "verdadeira" mensagem de Jesus. Não se trata de fazer a distinção entre diferentes interpretações da vida e da mensagem de Jesus. Trata-se do dado básico: que aquilo que lemos no Novo Testamento e o que registra da existência do próprio Cristianismo primitivo não são representações exatas do que realmente aconteceu.

No romance, o estudioso Sir Leigh Teabing diz sem rodeios que os textos "heréticos" do Cristianismo primitivo — aqueles que são representados pelos textos gnósticos citados por Brown — são os que permaneceram fiéis à "história original de Cristo" (p. 251).

Esta aqui é realmente a linha de fechamento do balanço e ela acusa um débito grave. Vamos passar o restante do livro examinando essas afirmações mais detalhadamente, mas ainda é importante expor o enquadramento bem de frente de forma a ver o que está em jogo.

Brown alega que Jesus queria que o movimento que o seguisse tivesse uma consciência maior do "sagrado feminino". Ele diz que esse movimento, sob a liderança e inspiração de Maria Madalena, floresceu durante os três primeiros séculos, até que foi brutalmente reprimido pelo Imperador Constantino.

Não há evidência que sugira que isso seja verdade. Isso não aconteceu.

Certamente, havia divergências no Cristianismo primitivo. Não há dúvida de que havia discussões intensas sobre quem era Jesus e o que ele significava. Existem também fortes evidências de que, em certas comunidades, as mulheres ocuparam postos de liderança no Cristianismo — como diaconisas —, que acabaram por desaparecer (e que eventualmente foram revividos em formas posteriores do Cristianismo).

Mas você precisa realmente entender que nenhuma dessas divergências, mudanças ou evoluções na história do Cristianismo primitivo ocorreu do modo que *O Código Da Vinci* sugere. Quando os primeiros líderes cristãos procuram afirmar a verdade do ensinamento cristão, seu critério não trata de gênero ou poder. Era, como podemos observar em seus próprios textos se nos interessarmos em lê-los, sobre a fé no que Jesus dizia e fazia.

Pode haver muita coisa sobre o Cristianismo primitivo que não sabemos ou de que não temos certeza. Há questões que têm sido debatidas aberta e livremente por estudiosos sérios durante anos, e algumas vezes, mesmo depois de dois mil anos dos acontecimentos, novas evidências vêm à luz que ampliam o quadro que temos.

Entretanto, em nenhum trecho dessas obras de estudiosos sérios você encontra alguém encarando com seriedade a sugestão de que a missão de Jesus era completamente voltada para encaminhar Maria Madalena como portadora de sua mensagem do "sagrado feminino".

Fontes dignas de crédito não chegam nem a sugerir alguma coisa parecida com isso. Fontes confiáveis de estudo sugerem também que muitas das outras afirmações de Brown — a respeito de tudo, desde a natureza do mito do Graal ao Priorado de Sião até o papel do culto à deusa no mundo antigo — não são apoiadas pelas evidências conhecidas.

E, como veremos enquanto percorremos esse romance, há muitas outras alegações bizarras, estranhas e cheias de falhas. Das descrições sobre a geografia de Paris àquelas relacionadas com a vida de Leonardo da Vinci, não há razão para encarar esse livro como uma fonte parcialmente confiável em qualquer campo de estudo, exceto, talvez, em criptografia.

"Relaxe, é Apenas um Romance"

O Código Da Vinci criou um alvoroço, e junto desse alvoroço vêm os apelos para relaxar e deixar a coisa toda passar. Eu ouço isso o tempo todo.

"É apenas um romance", alguns amigos vêm me dizer. "Todos sabem que não passa de ficção. Então, por que não desfrutá-lo nesse nível?"

Bem, há muitas razões que nos impedem de fazer isso. Primeiro, não existe a possibilidade de um romance ser "apenas um romance". A cultura é importante. A cultura comunica. Precisamos estar sempre interessados no conteúdo da cultura e no seu impacto sobre nós, não importa se estamos falando de artes plásticas, cinema, música ou literatura.

Especificamente, porém, o autor desse livro em particular sugere que realmente existe mais do que apenas imaginação nessa obra, e ele incentiva os leitores a aceitarem algumas afirmativas problemáticas com relação à história como se fossem factuais.

Existe, evidentemente, uma longa tradição — que remonta aos primeiros dias do Cristianismo — de intercalar os fatos conhecidos sobre Jesus com histórias fictícias, comparáveis à tradição judaica do "midrash". As lendas sobre a Sagrada Família, por exemplo, são abundantes, como aquela que diz que o manjericão recebeu o seu aroma adocicado como recompensa depois de Maria ter estendido seu manto para secar em um pé de manjericão durante a fuga para o Egito.

A arte cristã, no decorrer de diferentes épocas, é repleta de pormenores interessantes e muitas vezes esclarecedores que não têm base nas palavras das Escrituras ou na tradição dos primórdios da era cristã. E, em décadas mais recentes, os escritores de ficção têm tido seu belo quinhão no uso da história de Jesus como base para seus romances: *The Robe*, de Lloyd C. Douglas, e *The Silver Chalice*, de Thomas Costain, são apenas dois exemplos muito populares entre muitos, sendo que o último trata, incidentalmente, do Santo Graal.

A ficção histórica é um gênero muito popular, mas ao escrever ficção histórica o autor faz um trato implícito com o leitor. Ele promete que, ao mesmo tempo que o romance trata de personagens fictícias envolvidas em atividades imaginárias, a estrutura histórica fundamental é correta. De fato, muitas pessoas gostam de ler ficção histórica porque é um entretenimento, um meio indolor de aprender história. Elas confiam que o autor esteja falando a verdade sobre a história.

O Código Da Vinci é diferente. Em todos esses outros exemplos, todos, do artista ao observador ou leitor, entendem a diferença entre os fatos conhecidos e os pormenores fictícios e aceitam a obra dentro de uma responsabilidade básica e uma expectativa de confiabilidade histórica, quando isso é exigido. Em *O Código Da Vinci*, os pormenores fictícios e as afirmações históricas falsas são apresentados como fatos e frutos de pesquisas históricas sérias, o que eles simplesmente não são.

Como observamos no último capítulo, Brown apresenta uma extensa bibliografia com as obras que usou para escrever o romance, todas com um verniz histórico, ainda que a maioria delas não corresponda à história real.

Na apresentação do livro, Brown enumera uma lista de fatos contidos em seu romance. Ele declara que o Priorado de Sião e a Opus Dei são organizações reais. Ele termina sua declaração dizendo:

"Todas as descrições de obras de arte, arquitetura, documentos e rituais secretos neste romance são exatas."

Ele não inclui explicitamente as "declarações sobre as origens do Cristianismo" na sua lista, mas isso está implícito em sua inclusão de "documentos". Ainda mais importante, todas as alegações sobre as origens do Cristianismo são colocadas na boca das personagens letradas — Langdon e Teabing, em particular, que freqüentemente fazem citações de obras contemporâneas reais e enquadram suas declarações em frases como: "Os historiadores ficam maravilhados com..." e "Felizmente para os historiadores..." e "Muitos estudiosos afirmam..."

Essas discussões funcionam como um artifício para comunicar as idéias de *Holy Blood, Holy Grail*, de Margaret Starbird, ou quem sabe mais de quem, para o leitor, e para comunicá-las de um modo que sugere que elas são factuais, aceitas pelos "historiadores" e "estudiosos" em todo o mundo.

Além do mais, Brown tem estado ocupado com entrevistas sobre seus métodos e suas intenções. Ele tem afirmado repetidamente que está satisfeito por estar dividindo essas descobertas com os leitores porque quer participar da narração da "história perdida". Em outras palavras, em suas entrevistas, Brown sugere que parte do que ele está tentando fazer em *O Código Da Vinci* é ensinar uma historinha:

"Dois mil anos atrás, vivíamos num mundo de Deuses e Deusas. Hoje vivemos num mundo só de Deuses. Na maioria das culturas, as mulheres foram destituídas do seu poder espiritual. O romance toca em questões de como e por que essa mudança ocorreu... e quais as lições que precisamos tirar disso tendo em vista o nosso futuro" (www.danbrown.com).

E, numa quantidade assustadora, os leitores estão aceitando essas teorias como fatos. Basta alguém ler as críticas dos leitores do livro na Amazon.com, ou ler com atenção os artigos de muitos jornais sobre o impacto do livro, para perceber o quanto isso é verdade. Talvez você mesmo tenha se deparado com reações desse tipo entre os seus familiares e amigos, que foi, em primeiro lugar, o que levou você a começar a ler este livro.

Assim, não é "apenas um romance". *O Código Da Vinci* pretende ensinar história dentro da estrutura da ficção. Vamos dar uma espiada no planejamento de aula.

um
SEGREDOS E MENTIRAS

O *Código Da Vinci* gira o tempo todo em torno de segredos: sociedades secretas, conhecimento secreto, documentos secretos e até mesmo segredos de família.

Os segredos mais importantes, é claro, envolvem Jesus e Maria Madalena. As personagens de Brown afirmam com freqüência que o conhecimento cristão tradicional da vida de Jesus e o seu ministério é falso. O que significaria que o Novo Testamento, a fonte desse conhecimento, é uma fonte de informação completamente despida de valor.

É isso aí. Não há como contornar isso. Fique intrigado com as possibilidades se quiser, mas dar algum crédito a qualquer das alegações históricas de *O Código Da Vinci* significa, para que as coisas sigam até chegar a um final lógico, uma rejeição da narrativa que o Novo Testamento dá sobre Jesus, o seu ministério e os primeiros dias do Cristianismo.

Isso é uma postura razoável? Seria o Novo Testamento realmente tão inútil, ou pior — um logro?

Vamos considerar isso também: Será que as fontes usadas por Brown são verdadeiramente superiores ao Novo Testamento como fontes sobre Jesus?

Por exemplo, todos aqueles outros Evangelhos sobre os quais as personagens de Brown estão sempre falando, aqueles textos secretos: Você deve acreditar que eles falam a verdade sobre Jesus só porque ele diz que eles estão fazendo isso? Vamos verificar.

Os Evangelhos Gnósticos

Como observamos antes, Brown tira suas idéias sobre Jesus, Maria e o Santo Graal de livros que trazem pseudo-história, como *Holy Blood, Holy Grail* e *The Templar Revelation*. Contudo, quando do ele está descrevendo o que diz ser a real natureza da missão de Jesus e o papel de Maria Madalena nessa missão, ele se volta para outras fontes.

Em particular, na página 251 e seguintes, seu historiador, Teabing, usa livros que são mencionados como *Os Evangelhos Gnósticos* como evidência da fábula que ele está tramando a respeito de Jesus. Ele diz que eles falam do "ministério de Cristo em termos muito humanos" e cita passagens descrevendo um relacionamento íntimo entre Jesus e Maria Madalena, assim como o ciúme que os apóstolos têm desse relacionamento.

Teabing explica que tudo isso revela o papel real de Maria como o de preeminente recipiente e apóstolo dos ensinamentos sábios de Jesus, e monta o palco para o conflito entre ela e Pedro, fluindo então caprichosamente para outras teorias levantadas em outros livros.

Mas esses escritos sobrevivem ao sensacionalismo? Devemos confiar que o que eles nos entregam é a verdade sobre a vida de Jesus, sua mensagem e seu ministério? E Jesus é realmente apresentado neles tão charmosamente "humano", como alega Brown?

Os "Evangelhos Gnósticos", como são chamados, certamente são documentos reais, verdadeiramente, centenários, embora, na sua maioria, não sejam propriamente evangelhos, mas fruto de um movimento difuso, difícil de ser definido, que foi muito popular no mundo antigo durante os séculos 2 e 3, e por algumas centenas de anos que se seguiram.

O gnosticismo não era um movimento organizado. Havia algumas seitas gnósticas claramente distintas, mas o modo de pensar e os conceitos gnósticos insinuaram-se em outras correntes intelectuais do período. Você pode compará-lo ao impacto da doutrina de auto-ajuda e auto-estima sobre o modo de vida americano nos últimos vinte anos. Parece que, para qualquer lado que você se vire, vai ouvir conselhos para "ser o melhor de si mesmo" e para colocar o seu desenvolvimento pessoal como sua prioridade central. Você vê isso infiltrado nos programas e filmes de televisão, na música, na prática de negócios, na educação e até mesmo nas igrejas. Não se trata de um movimento organizado, não tem uma liderança centralizada, manifesta-se de diferentes modos, alguns mais explícitos do que outros, mas evidentemente está aí.

O pensamento gnóstico, ao mesmo tempo que assume diferentes formas em diferentes lugares e épocas, normalmente abrange alguns temas constantes:

- A fonte da bondade, da vida autêntica, é a espiritual.
- O mundo material e corpóreo é mau.
- A situação angustiosa da humanidade é o aprisionamento da "centelha" espiritual na prisão do corpo material.
- A salvação — ou a libertação desse espírito aprisionado — é alcançada ao se adquirir o conhecimento (lembre-se de que "gnosis" *significa* "conhecimento".
- Somente poucos são dignos de receber esse conhecimento secreto.

Há variações infindáveis do pensamento gnóstico no mundo antigo, alguns envolvendo hierarquias muito elaboradas de realidade e rituais complicados.

Inevitavelmente, os elementos gnósticos encontraram seu caminho no pensamento de alguns cristãos (da mesma forma que a linguagem da auto-ajuda se insinuou no modo como falamos da nossa fé). Durante os séculos 2 e 3, o gnosticismo foi particularmente atraente e deu de presente aos pensadores cristãos o seu primeiro desafio teológico real. As versões gnósticas do Cristianismo usualmente denegriam o Velho Testamento, tiravam a ênfase na humanidade de Jesus ou a negavam, e ignoravam sua Paixão e crucificação.

Os gnósticos escreveram sobre suas crenças, atraíram seguidores e se empenharam em ensinar e a praticar rituais secretos. Durante nove anos de sua vida adulta, o grande Santo Agostinho foi membro de uma seita gnóstica chamada Os Maniqueus, que ele finalmente abandonou depois, confrontando honestamente as inconsistências e os absurdos dos ensinamentos maniqueus (veja *Confissões*, Livros 3-5).

> Contra as heresias: Algumas obras dos séculos 2 e 3 que fornecem uma visão da resposta cristã ao gnosticismo, facilmente encontradas nas livrarias ou na Internet, são: *Contra as Heresias*, de Irineu, *Contra Marcion*, de Tertuliano, e *Refutação a Todas as Heresias*, de Hipólito.

Os textos que Brown usa para pintar o seu quadro de como Jesus realmente era foram escritos pelos adeptos das versões gnósticas do Cristianismo. Esse pensamento floresceu durante os séculos 2 e 3, o que quer dizer, então, que esses textos, que supostamente revelam um conhecimento secreto e autêntico sobre Jesus, vieram do mesmo período — mais de cem anos depois do ministério de Jesus, bem mais tarde do que qualquer dos livros do Novo Testamento, que datam todos do final do primeiro século.

Assim, com uma mente honesta e aberta, somos obrigados a imaginar, sem sequer examinar o conteúdo deles (o que faremos mais adiante), por que razão deveríamos acreditar que esses documentos *posteriores* nos contam mais sobre os acontecimentos do que os documentos mais *próximos* deles?

Os "Outros" Evangelhos

Agora vamos examinar dois dos documentos a que as personagens de Brown dão atenção especial: *O Evangelho de Filipe* e *O Evangelho de Maria*, dos quais Teabing lê passagens indicando que Jesus e Maria Madalena tinham um relacionamento íntimo, especial, do qual os outros apóstolos tinham ciúme.

O Evangelho de Filipe foi um dos documentos descobertos em Nag Hammadi, no Egito, em 1945. A descoberta surpreendente, lacrada num jarro, era composta de uma biblioteca, sem contar as duplicatas, de 45 títulos diferentes. Escritas em copta (a linguagem egípcia empregada nas cartas gregas), copiadas por monges anônimos, quase todas as obras incorporam alguns elementos gnósticos, e algumas claramente refletem as crenças cristãs gnósticas. Com base nas datas de algumas das capas, os estudiosos acreditam que esses documentos foram escritos da metade para o fim do século 4, embora muitas das obras originais, das quais essas são cópias, certamente são mais antigas.

Embora não muito mais antigas. Como Philip Jenkins observa em seu livro *The Hidden Gospels*, a datação padrão acadêmica para *O Evangelho de Filipe*, do qual Teabing lê uma passagem referente a Maria como "companheira" de Jesus, é, no limite mais remoto, 250 d.C. Isto é, duzentos anos depois do ministério de Jesus. Pode ser chamado de "evangelho", mas dificilmente tem alguma matéria em comum com qualquer dos Evangelhos e, como a maioria dos textos gnósticos, é de um estilo completamente diferente. Os Evangelhos canônicos têm uma narrativa clara, forte e põem em relevo a Paixão, crucificação e ressurreição de Jesus. *O Evangelho de Filipe* é uma coletânea de afirmações vagas,

> Brown diz que os textos de Nag Hammadi estavam em "pergaminhos" — eles certamente não estavam. Eram códices, uma forma primitiva de livro.

desconexas, em forma de diálogos que refletem claramente o pensamento gnóstico.

O mesmo pode ser dito com relação a *O Evangelho de Maria*, também um texto de Nag Hammadi. É mais curto do que *Filipe* e tem um pouco mais de enredo, se quisermos encarar o assunto por esse prisma. Jesus fala a seus discípulos e depois vai embora. Maria Madalena procura levantar o ânimo deles relatando parte do conhecimento que Jesus tinha passado para ela, conhecimento que é bem recebido por alguns dos apóstolos e questionado por outros. Vamos examinar esse documento mais de perto num capítulo posterior, mas aqui estamos preocupados com o seu valor como fonte de informação sobre a vida e os ensinamentos de Jesus.

Parte do que Maria Madalena descreve em seu documento é a ascensão da alma por inúmeros níveis de vida depois da morte. Isso reflete fortemente o pensamento gnóstico do final do século 2, e por isso a grande maioria dos estudiosos atribui a esse período a datação do documento, não antes disso.

Brown afirma, por meio de Teabing, que os documentos de Nag Hammadi, como também os Manuscritos do Mar Morto, contam a verdadeira história do "Santo Graal". Isso é, francamente, esquisito. Dois dos quarenta e cinco textos de Nag Hammadi descrevem um relacionamento especial, mas de jeito nenhum inequivocamente marital, entre Maria Madalena e Jesus, como modo de dar corpo aos ensinamentos gnósticos, mas não há menção a qualquer outro detalhe da "história do Graal" que ele diz que eles relatam. Além disso, os Manuscritos do Mar Morto (descobertos em 1947, não em 1950, como diz Brown) não contêm *de forma nenhuma* textos cristãos. São textos deixados por uma seita judaica ascética e monástica chamada Os Essênios. Jesus, Maria Madalena e o Graal não são, infelizmente, mencionados.

Eis o que podemos fazer com esses escritos gnósticos: Eles são valiosos pelo que revelam sobre o hibridismo gnóstico-cristão do século 2 e posteriormente a ele. Eles nos contam como essas comunidades usaram a história de Jesus encontrada nos Evangelhos Sinópticos (Mateus, Marcos e Lucas, que circularam amplamente no princípio do século 2) e a moldaram para seus próprios fins, e eles podem nos contar um pouco sobre os conflitos entre essas comunidades.

Entretanto, uma coisa eles não nos oferecem: qualquer informação independente, exclusiva, sobre Jesus de Nazaré e seus primeiros seguidores.

O estudioso das Escrituras, John P. Meier, resume o consenso geral acadêmico em seu livro *A Marginal Jew*, quando escreve:

"O que vemos nesses documentos tardios é ... a reação a ou a recriação dos textos do NT por ... cristãos gnósticos desenvolvendo uma doutrina mística especulativa. Suas versões das palavras e ações de Jesus podem ser incluídas num '*corpus* de material de Jesus', se esse *corpus* for entendido como contendo simplesmente toda e qualquer coisa que qualquer fonte antiga tenha identificado como vindo de Jesus. Mas esse *corpus* é a rede de Mateus (veja Mateus 13:47-48), da qual o bom peixe da tradição mais antiga precisa ser selecionado para os recipientes de pesquisa histórica séria, enquanto o peixe ruim de criação e invenção tardia é jogado de volta ao mar sombrio da mente não-crítica.... Temos ficado na praia, lançando a rede e jogando os evangelhos apócrifos, *agrapha* e o *Evangelho de Tomé* de volta ao mar" (p. 140).

Assim, de volta ao mar sombrio com os "evangelhos" de Filipe, Maria e Tomé. Eles simplesmente não são úteis para tentar entender o ministério de Jesus e os contornos do Cristianismo mais antigo.

Bibliografia Recomendada

The Hidden Gospels: How the Search for Jesus Lost Its Way, de Philip Jenkins, Oxford University Press, 2001.

Questões para Revisão

1. O que foi o gnosticismo?
2. Por que os evangelhos gnósticos não são fontes confiáveis para informações sobre Jesus?

Questões para Discussão

1. Quais os traços do tipo de pensamento gnóstico que você vê no mundo hoje?
2. Por que você acha que algumas pessoas podem sentir-se atraídas pelo que dizem os textos gnósticos sobre Jesus, em vez do que pelo que dizem os Evangelhos?

dois
QUEM ESCOLHEU OS EVANGELHOS?

Se você vai aprender a sua história cristã primitiva lendo *O Código Da Vinci*, eis a lição para hoje:

Jesus era um mestre sábio e mortal, cuja vida foi objeto de muitos — "milhares" (p. 248) — de relatos durante aqueles primeiros séculos. Na verdade, mais de oitenta evangelhos. Mas apenas quatro foram escolhidos para serem incluídos na Bíblia! Pelo Imperador Constantino, em 325!

Então, em conseqüência do Concílio de Nicéia, declara *O Código Da Vinci*, esses milhares de obras que descrevem a vida de Jesus como a de um mestre humano foram suprimidos, por pura motivação política e, como diz Langdon, aqueles que se mantiveram presos à história de Jesus-mestre-mortal, que ele diz que foi a "história original de Cristo", foram chamados "hereges" (p. 251).

Até este momento, vínhamos nos esforçando para tentar manter um tom ponderado e objetivo na nossa maneira de tratar o assunto, mas atingimos o nosso limite exatamente aqui, e não podemos prosseguir.

Isso está tão errado que ultrapassa o erro. É uma fantasia, e nem mesmo o letrado mais secular nem a universidade considerada a mais não-religiosa possível daria qualquer apoio ao relato de Brown sobre a formação do Novo Testamento.

Não é história levada a sério; assim, não a assuma como tal. Entretanto, olhe bem para essa estranha construção do passado como um sinal de alerta ainda maior para não começar a ver qualquer coisa que esteja entre as páginas desse romance como factual. E use isso como uma oportunidade para aprender a história muito mais interessante de como o Novo Testamento realmente aconteceu.

Um Desenvolvimento Não Tão Chocante

Em *O Código Da Vinci*, o erudito Teabing aparentemente deixa Sophie aturdida quando declara: "A Bíblia não chegou por fax do céu" (p. 248). Supõe-se que essas devam ser novidades chocantes, às quais sua narrativa do que "realmente aconteceu" se opõe.

A implicação é que, se a Bíblia, realmente, não chegou via fax, completa, encadernada e com um índice acessível escrito por Deus, o único roteiro alternativo restante é que a formação das Escrituras foi um processo em que os pontos de relatos igualmente válidos da vida de Jesus eram aceitos ou descartados por pessoas motivadas pela volúpia do poder.

Bem, isso simplesmente não foi o que aconteceu.

O leitor pode ter certeza de que o processo — estabelecendo o cânone das Escrituras — não é secreto. É possível ter acesso ao livro em qualquer livraria e conseguir a história completa numa questão de minutos. Além do mais, o envolvimento humano não diminui a sacralidade dos livros.

Afinal, Jesus não deixou exatamente uma Bíblia atrás de si quando subiu ao céu. Ele deixou uma Igreja — os apóstolos, Maria, sua mãe, e outros discípulos, incluindo homens e mulheres. Já que a Bíblia é tão essencial para os cristãos, tão fundamental e certamente uma fonte segura de revelação, é bom, se não um pouco surpreendente, lembrar que durante essas primeiras décadas os cristãos viviam, aprendiam e se reuniam como cristãos... sem o Novo Testamento. Eles aprenderam a sua fé refletindo sobre o Velho Testamento e por ensinamentos orais, firmados no testemunho dos apóstolos. Essa fé foi moldada e alimentada por meio de encontros com o Senhor vivo no batismo, na Ceia do Senhor, no perdão dos pecados e na partilha da vida com outros cristãos.

A partir dessa Igreja — o Corpo alimentado pelo Senhor Vivo — vieram os livros do Novo Testamento, o testemunho daqueles que estiveram na presença de Jesus, afinal escrito, peneirado e definido.

Sem fax do céu? Sem problema. Talvez isso fosse uma grande novidade para a pobre Sophie, mas não era para nós.

Sermões e Histórias

Desde o começo, alguns textos cristãos foram mais valorizados do que outros.

Eles eram elogiados por muitas razões: Tinham origem na era apostólica; preservavam autenticamente as palavras e ações de Jesus; podiam ser usados em liturgias, pregações e ensino para comunicar com precisão a totalidade da fé em Jesus a toda a comunidade cristã.

Por favor, observe a ausência de "enaltecem o sagrado feminino" ou "denigrem o poder das mulheres" na lista.

De qualquer modo, em meados do século 2, os cristãos já estavam reconhecendo esse tipo de valor, enraizado naquilo que acabaria sendo chamado de "regra de fé" nos dois maiores conjuntos de textos: Os Evangelhos de Mateus, Marcos, Lucas e João, e as epístolas de Paulo.

Como sabemos que essas obras eram valorizadas? Porque eram lidas em cultos e mencionadas nos textos de mestres cristãos que chegaram até nós.

É realmente importante notar que, apesar do que Brown diz, não existiam oitenta evangelhos em circulação. Esse número não se baseia absolutamente em fatos.

36   DECODIFICANDO DA VINCI

Evidentemente, havia outros evangelhos além dos quatro do nosso Novo Testamento. Lucas diz isso no começo da sua obra:

"Tendo pois muitos empreendido pôr em ordem a narração dos fatos que entre nós se cumpriram ... pareceu-me também a mim conveniente descrevê-los a ti, ó excelente Teófilo ... para que conheças a certeza das coisas de que já estás informado" (Lucas 1:1,3-4).

> Evangelho: "Evangelho" literalmente quer dizer "boas novas". Os Evangelhos são as Boas Novas da nossa salvação, por intermédio de Cristo. Os Evangelhos eram os registros escritos dessas Boas Novas.

Os letrados acreditam que as coletâneas dos sermões de Jesus foram uma das fontes dos Evangelhos, e que havia alguns evangelhos — *O Evangelho de Pedro, O Evangelho dos Egípcios* e *O Evangelho dos Hebreus* — que tinham uso limitado.

O fato é que, mesmo em meados do século 2, os Evangelhos de Mateus, Marcos, Lucas e João foram as primeiras fontes que os cristãos usaram para proclamar a história de Jesus em cultos e no ensino.

Tão interessante quanto essa é uma outra categoria de textos que as comunidades cristãs liam em seus cultos, muito antes dos Evangelhos serem escritos: as epístolas de Paulo.

É verdade. Os primeiros livros escritos do Novo Testamento foram as epístolas de Paulo, talvez I aos Tessalonicenses, escrita por volta do ano 50 d.C. Paulo tornou-se um seguidor de Cristo, mas somente dois ou três anos depois da morte e da ressurreição dele, e passou o resto de sua vida viajando, estabelecendo comunidades cristãs por todo o Mediterrâneo, e, acreditamos, morrendo como mártir em Roma. Ele escreveu muitas cartas às comunidades que fundou e, com o passar do tempo, essas comunidades passaram a fazer cópias das cartas e a enviá-las para outros cristãos. Na verdade, a coletânea de cartas de Paulo já estava em circulação entre os cristãos no final do primeiro século.

> Teabing descreve um "lendário *Documento 'Q'*", dos ensinamentos de Cristo, talvez escrito por ele mesmo, cuja existência até o "Vaticano" admite (p. 273). A existência de "Q" não é tão chocante. Há uma grande quantidade de material compartilhado por Mateus e Lucas que não está em Marcos. A hipótese levantada pelos estudiosos é que eles podem ter usado uma fonte comum documental, que eles chamaram "Q", de *quelle*, a palavra alemã para "fonte". O Vaticano — na companhia de muitas outras pessoas — está perfeitamente à vontade com a possibilidade da existência desse documento.

Agora, vamos voltar atrás e verificar o que conseguimos até agora.

Desde muito cedo os relatos da vida de Jesus, que acabaram reunidos nos quatro Evangelhos que temos atualmente, circulavam entre os cristãos e eram recebidos como narrativas precisas da vida dele e como um ponto de contato autêntico com o Cristo vivo. Muitas epístolas de Paulo também circulavam. Elas eram usadas, juntamente com os textos do Velho Testamento, em cultos. Os escritores cristãos extraem citações delas. A história que contam de Jesus — como Aquele a quem Deus enviou para reconciliar o mundo, que sofreu, morreu, ressuscitou e ainda vive como Senhor — foi a história que deu forma ao pensamento, ao culto e à vida cristãos.

Não havia, para ser absolutamente indelicada a esse respeito, "milhares" de documentos "registrando Sua vida como um homem *mortal*", nem existiam outros oitenta evangelhos que, como diz Teabing, "foram estudados" para serem incluídos, como se houvesse uma pilha de códices e pergaminhos sobre a mesa de reunião de um comitê. Isso nós podemos dizer com segurança.

Não há absolutamente a menor dúvida em relação aos Evangelhos (que constituem a nossa primeira preocupação), os quatro Evangelhos que temos hoje foram considerados normativos pela comunidade cristã em meados do século 2. Escritores cristãos como Mártir Justino, Tertuliano e Irineu, todos escrevendo e ensinando durante esse período respectivamente em Roma, no Norte da África e em Lyons (que agora é França), todos se referem aos quatro Evangelhos que conhecemos agora como as fontes básicas de informação sobre Jesus.

Assim, muito simplesmente, não foi Constantino quem fez isso.

"Incontáveis Traduções, Acréscimos e Revisões"

Na leitura dele sobre a história da Bíblia, depois de declarar que as Escrituras não chegaram por fax, Teabing chama a atenção de Sophie para as "incontáveis traduções, acréscimos e revisões. A história jamais teve uma versão definitiva do livro" (p. 248).

Bem, está certo, se com "versão definitiva" você quiser dizer "textos escritos absolutamente originais das mãos de seus autores".

Mais uma vez, isso é o que chamamos um "espantalho": um problema levantado num argumento no qual ninguém acredita de jeito nenhum.

Há, na verdade, muitos manuscritos dos livros e de partes dos livros do Novo Testamento. Mais de cinco mil são dos primeiros séculos do Cristianismo, o mais antigo datando de 125-130 d.C., e mais de trinta datam do final do século 2 ou começo do século 3, contendo "quantidades apreciáveis de livros inteiros e dois que cobrem a maioria dos evangelhos e Atos ou Epístolas de Paulo" (Craig Blomberg em *Reasonable Faith*, de William Lane Craig, p. 194).

Esses manuscritos são, é claro, marcados por variações mínimas, mas existe uma coisa importante que deve ser observada:

"As únicas variações de texto que atingem mais do que uma ou duas frases (e a maioria só afeta palavras ou frases isoladas) são João 7:53-8:11 e Marcos 16:9-20 ... Mas, acima de tudo, 97-99% do NT podem ser reconstruídos além de qualquer dúvida razoável" (*Reasonable Faith*, p. 194).

Agora, se isso o incomoda, considere o seguinte:

"Para as *Guerras das Gálias* de César (*ca.* 50 a.C.), existem apenas oito ou dez manuscritos bons, e o mais antigo data de novecentos anos depois dos acontecimentos que registra. Somente trinta e cinco dos cento e quarenta e dois livros da história romana de Tito Lívio sobrevivem, e em torno de vinte manuscritos, somente um deles chega a ser tão antigo quanto o século 4 [Tito Lívio viveu *ca.* 64 a.C.-*ca.* 12 d.C.]. Dos catorze livros da história romana de Tácito, temos somente quatro e uma metade, em dois manuscritos datados do século 9 ao século 11... O que se quer destacar é apenas que a evidência textual para aquilo que os autores do NT escreveram supera em muito a documentação que temos para qualquer outro escrito antigo... Não se sustentam absolutamente as alegações de que as edições modernas comuns do NT grego não se aproximam muito do que os escritores do NT realmente escreveram" (*ibid*).

Os cristãos entendem que as Escrituras que temos resultam do trabalho de Deus por intermédio de elementos humanos. Esses elementos humanos são imperfeitos e limitados, mas a questão é que a evidência manuscrita do Novo Testamento é, em grande parte, um registro consistente e antigo cujas variações não afetam o sentido do texto.

A Formação do Cânone

Existiam, certamente, outras obras paralelas a essas circulando entre as comunidades cristãs, até mesmo sendo usadas nas liturgias. Havia textos de instrução, como o *Didaquê* e *O Pastor de Hermas*. Havia cartas de outros apóstolos ou daqueles ligados a eles. A *Primeira Epístola de Clemente*, escrita por volta de 96 d.C. pela Igreja de Roma para a Igreja de Corinto, foi largamente lida, especialmente no Egito e na Síria. Existiam mesmo *alguns* outros textos com a palavra "evangelho" no título que eram usados por várias comunidades cristãs — um *Evangelho dos Hebreus, Evangelho dos Egípcios* e *Evangelho de Pedro*, por exemplo.

Por que esses atualmente não fazem parte do Novo Testamento?

Existem razões, mas precisamos deixar claro que essas razões não têm nada a ver com as maquinações políticas que Brown sugere, e certamente nada a ver com o Concílio de Nicéia ou Constantino. É importante também salientar que os textos gnósticos que Brown põe no centro de suas teorias *nunca* foram considerados canônicos por ninguém com exceção dos gnósticos que os produziram.

Como acontece tantas vezes na história cristã, o passo para definir os livros que seriam aceitáveis para serem usados pela Igreja nos serviços religiosos veio como resposta a um desafio.

> Cânone: De uma palavra grega que significa "regra", o grupo de livros reconhecidos pela Igreja como inspirados por Deus e cujo uso é autorizado para toda a Igreja.

O desafio surgido em meados do século 2 partiu de duas direções: um movimento procurando reduzir drasticamente o número de livros aceitos como Escritura e o outro, querendo acrescentar.

O primeiro desafio era o de um homem chamado Márcion. Márcion, filho de um bispo que, a propósito, o excomungou, organizou um movimento em Roma em torno de suas crenças que, entre outras questões, lamentava o Deus descrito no Velho Testamento. Ele achava que as únicas Escrituras válidas para os cristãos eram aquelas dez das epístolas de Paulo e uma versão editada do *Evangelho de Lucas.*

O segundo grupo de desafios veio do gnosticismo, que discutimos no capítulo anterior, e de uma outra heresia chamada montanismo. Essas versões do Cristianismo, como já vimos, tinham seus próprios livros santos, e a questão naturalmente se levanta — que lugar elas ocupavam? Elas representavam um entendimento válido com respeito a Jesus?

A pressão estava vindo de ambos os lados: Márcion queria retirar alguns livros; os gnósticos estavam reivindicando uma autoridade igual para eles. Obviamente, era necessária uma definição.

Vamos esclarecer uma questão agora mesmo. A necessidade por definição não surgiu porque as pessoas que estavam no poder se sentiram ameaçadas. Durante esse período, o Cristianismo era uma minoria religiosa, periodicamente perseguida pelas autorida-

> Algumas pessoas podem ficar confusas com o fato de Márcion ser filho de um bispo, especialmente aquelas que se sentem tentadas a aceitar as afirmações de Brown de que o Cristianismo primitivo era contra o casamento e a sexualidade. No Cristianismo do Oriente, tanto os padres católicos quanto os ortodoxos podem se casar. Essa tradição remonta à antiguidade, quando alguns clérigos eram celibatários e outros eram casados. São Patrício, padroeiro da Irlanda, por exemplo, era filho de um diácono e neto de um padre.

des romanas, cujos adeptos punham muitas coisas em risco — inclusive suas vidas — para se conservarem fiéis à sua fé em Cristo.

Não havia bônus para quem se conservasse fiel ao Evangelho. Se houvesse, seria para a atitude oposta.

Não, a necessidade por definição surgiu porque as conseqüências de aceitar, quer o entendimento de Márcion, quer o dos gnósticos a respeito do Cristianismo, eram graves. Ambos, a seu modo, representavam uma explanação reduzida e distante de Jesus e seus ensinamentos. Ambos separavam o Cristianismo de suas raízes judaicas, e o gnosticismo, em particular, despia Jesus de sua humanidade. Nenhum dos escritores gnóstico-cristãos inclui relatos da Paixão e morte de Jesus. Ambos apresentam visões de Jesus profundamente díspares com relação à figura que é retratada nas lembranças cristãs mais antigas sobre ele nos quatro Evangelhos, em Paulo e na vida da Igreja em andamento.

Em resposta a esses desafios, os líderes cristãos começaram a definir mais claramente os livros apropriados para serem usados pelas Igrejas cristãs na liturgia e no ensino. Durante uns dois séculos, isso foi feito por meio de ensinamentos e exposições de bispos. Além do núcleo comumente aceito dos Evangelhos e das epístolas paulínias, ainda havia fluidez. Alguns bispos, particularmente no Ocidente, achavam que a Epístola aos Hebreus não era aceitável, e alguns bispos do Oriente não estavam seguros quanto ao Apocalipse.

As questões, entretanto, não eram em torno do valor espiritual dessas obras. Elas se relacionavam sempre aos padrões implícitos no processo desde o seu princípio: Quais os livros que melhor corporificam a realidade de quem Jesus era e é para toda a Igreja? Esses livros vêm da época dos apóstolos? O que eles dizem sobre Jesus se ajusta ao que os Evangelhos nos contam? Esses livros servem para a edificação da Igreja como um todo, ou eles servem mais a interesses locais?

Não, preste bem atenção: "Contam a história secreta de Jesus e Maria Madalena que precisamos esconder do mundo." Não, esse não parece ser o problema.

Finalmente, à medida que o Cristianismo tornou-se mais estável, e a ameaça de perseguição foi suspensa, os líderes cristãos puderam passar a se encontrar e tomar decisões para uma Igreja mais ampla. Um concílio em Laodicéia, por volta de 363 d.C., confirmou séculos de uso e reflexão da Igreja de uma lista de livros canônicos que abrangia tudo o que conhecemos, exceto o Apocalipse. Em 393, um concílio reuniu-se em Hippo, no norte da África, e estabeleceu o cânone, incluindo o Apocalipse, que conhecemos hoje, dizendo que esses eram os livros que podiam ser lidos em voz alta nas igrejas, acrescentando, é importante observar, que no dia em que se comemora um mártir a narrativa da paixão desse mártir (sofrimento e morte) também podia ser lida.

363 d.C. e 393 d.C. Ambas as datas correspondem a muitos anos depois do domínio de Constantino.

Em poucas palavras, mais uma vez, eis como se desenrola o processo: Os apóstolos e outros discípulos testemunham os ensinamentos, o ministério, os milagres, a morte e a ressurreição de Jesus. Eles preservam o que viram e ouviram e passam adiante. À medida que os textos são escritos, eles são constantemente comparados à história antiga que as testemunhas originais contaram. Finalmente, diante dos outros ensinamentos que se colocam em oposição direta ao testemunho antigo, a Igreja traça uma linha e diz que, por esse grupo de livros estar ligado aos apóstolos e de acordo com o testemunho antigo, eles são próprios para serem utilizados em cultos e para transmitir a fé em Jesus.

Sem nenhum segredo, podemos acrescentar. Não há conhecimento oculto sendo desviado por bispos sob a influência do Imperador Constantino. O processo estava todo ali, aberto ao público, do testemunho original à gradual definição do cânone.

E não a supressão de milhares de narrativas sobre Jesus, nem tampouco oitenta evangelhos. Num romance talvez, mas não de fato.

Quem se Importa?

Pode parecer uma questão menor, mas realmente não é. Muitos leitores ficaram perturbados pela versão da história de *O Código Da Vinci*. Parece implicar que a Bíblia que temos hoje é o resultado de líderes da Igreja deslealmente rejeitando narrativas válidas sobre Jesus apenas por se sentirem ameaçados por elas.

Como você viu, não foi isso que aconteceu. Sim, mãos humanas desempenharam um papel no estabelecimento do cânone, mas essas decisões não eram motivadas por um desejo de oprimir as mulheres ou de conservar o poder. Eram fundadas na obrigação — sentidas com muita seriedade — de assegurar que a vida e a mensagem de Jesus se mantivessem preservadas cuidadosa e meticulosamente para as gerações futuras e, os cristãos acreditam, que fossem inspiradas pelo Espírito Santo. É claro, alguns livros não sobreviveram. Alguns não sobreviveram porque não tinham uma aplicação universal, ou não podiam ser rastreados até a época dos apóstolos. Outros eram rejeitados porque claramente não eram nada além de tentativas de atacar Jesus — mal reconhecível como o mesmo Jesus que encontramos nos Evangelhos e em Paulo — por meio de novos movimentos filosóficos e espirituais.

Isso lhe parece familiar?

Bibliografia Recomendada

The New Testament Documents: Are They Reliable?, de F. F. Bruce e N. T. Wright, Wm. B. Eerdmans Publishing, 2003.

Questões para Revisão

1. Qual foi o processo para estabelecer o cânone das Escrituras?
2. Quais foram os critérios usados para que esses livros fossem incluídos?

Questões para Discussão

1. Por que você acha que era importante estabelecer um cânone das Escrituras?
2. Como você poderia explicar a alguém que, mesmo que a Bíblia não tenha "chegado do céu por fax", diretamente de Deus, ainda podemos confiar nela como a Palavra autorizada de Deus?
3. Qual foi o papel da Igreja no estabelecimento do cânone?

três
A ELEIÇÃO DIVINA

Segundo *O Código Da Vinci*, o Cristianismo como o conhecemos hoje é obra, não de Jesus e de seus discípulos, mas do Imperador Constantino, que reinou sobre o Império Romano no século 4.

Isso é verdade?

Precisamos explicar isso detalhadamente? É claro que não.

O Cristianismo moderno pode certamente ser variado, mas no cerne de toda a fé cristã está a crença de que Jesus, totalmente divino e totalmente humano, é Aquele por intermédio de quem Deus reconcilia o mundo — e cada um de nós — com ele, e que a salvação (ao compartilhar a vida de Deus) é encontrada por meio da fé em Jesus, que não está morto, mas vive.

Brown, falando através das personagens do seu livro, quer nos fazer acreditar que essa fé é criação de um imperador romano do século 4. Em seu relato (exposto por Teabing), foi isso que aconteceu:

Jesus era venerado como um sábio mestre humano. Textos enfatizando sua humanidade tinham ampla circulação. Milhares deles, não se esqueça. Quando Constantino chegou ao poder, ele estava angustiado com os conflitos entre o Cristianismo e o paganismo, o que ameaçava dividir seu império. Assim, ele escolheu o Cristianismo, reuniu centenas de bispos no Concílio de Nicéia, aos quais forçou a declarar Jesus como Filho de Deus, e foi isso que aconteceu.

Honestamente, isso é muito estranho. Vamos examinar tudo pouco a pouco, e então tratar da questão crucial da divindade de Jesus.

Constantino

Constantino (*ca.* 272-337 d.C.) começou seu reinado como imperador dos romanos em 306 d.C. e consolidou o seu poder em 312 d.C., quando derrotou um rival na famosa batalha da Ponte Mílvia, supostamente fortalecido e inspirado por uma visão que ele interpretou como sendo cristã.

> Exatamente o que Constantino viu e quando ele o viu (antes dessa batalha ou de alguma outra anterior a essa) não está claro. Algumas versões dizem que era o "chi-rho", as letras gregas "X" e "ρ" combinadas — ☧ — que são as duas primeiras letras de Cristo: Χριστος. Outros relatos dizem que era uma cruz.

Até essa ocasião, a prática do Cristianismo tinha sido essencialmente ilegal no Império Romano e, na verdade, os cristãos tinham sofrido, poucos anos antes, uma perseguição particularmente cruel por toda a extensão do Império sob o reinado de Diocleciano (303-305 d.C.).

(Seria bom fazer uma pausa aqui e perguntar por que o Império Romano ia se dar ao trabalho de aprisionar e torturar aqueles que permaneciam fiéis a um sábio mestre, se tudo o que Jesus era não passava disso? E por que os seguidores desse sábio mestre constituiriam uma ameaça ao Império? Existiam muitas escolas e movimentos filosóficos circulando pelo Império. Eles não eram perseguidos. Por que então perseguiam os cristãos?)

Por uma razão qualquer — talvez um tênue brilho da fé verdadeira, a existência de cristãos em sua própria família, ou algum misterioso cálculo político —, uma das primeiras ações de Constantino foi proclamar um edito de tolerância do Cristianismo, acabando com a perseguição, pelo menos naquele momento.

É verdade que Constantino, durante seu reinado, estendeu não somente a sua tolerância, mas a sua preferência pelo Cristianismo. Seus motivos não estão claros. Ele realmente queria unificar o Império, o qual tinha sido seriamente prejudicado pela divisão e pelos constantes conflitos durante um século. A religião certamente era um instrumento nesse esforço, e talvez ele tivesse sentido a força que ela tinha e a perda de poder da religião tradicional romana. Talvez ele tenha sido influenciado por pensadores cristãos que tinham acesso a ele, e quem sabe até mesmo por alguém da sua própria família, mas parece realmente que, depois de um ponto, Constantino decidiu deixar o Cristianismo ser essa força unificadora.

Isso é tudo muito estranho para nós, tão acostumados com a separação entre a Igreja e o Estado, mas no mundo antigo não havia isso, em nenhuma cultura. Todos os Estados se viam como amparados, de alguma forma, pelo favor divino e com a responsabilidade subseqüente de apoiar as instituições religiosas. Até Constantino, essas instituições religiosas tinham sido os templos

> Brown diz que Constantino fez do Cristianismo a religião oficial do Império Romano. Ele não fez isso. Ele deu um forte apoio imperial ao Cristianismo, mas o Cristianismo não se tornou a religião oficial do Império Romano até o reinado do Imperador Teodósio, que governou de 379 d.C. a 395 d.C.

dos deuses romanos. Quando Constantino transferiu seu interesse e apoio para o Cristianismo, ele naturalmente assumiu a mesma posição em relação às instituições cristãs, financiando a construção de igrejas e intervindo nos problemas da Igreja de uma forma chocante para nós atualmente.

O Concílio de Nicéia

Constantino, de fato, convocou o Concílio de Nicéia em 325 d.C., na Ásia Menor, a terra que conhecemos como Turquia. Era na verdade o segundo encontro de bispos que ele convocava durante seu reinado. Embora nem todos os bispos comparecessem, e dificilmente algum bispo do Ocidente, o objetivo do concílio era tomar decisões que atingiriam toda a Igreja; por isso ele é chamado de "concílio ecumênico".

Mas por quê? Por que Constantino fez isso? Bem, de acordo com Brown, ele fez isso porque queria modificar o Cristianismo a fim de deixá-lo mais poderoso e eficientemente ajustado aos seus propósitos.

> Um concílio ecumênico é uma reunião de bispos de toda a Igreja. Eles recebem o nome dos lugares onde se realizam. Os católicos reconhecem vinte e um concílios ecumênicos, começando com Nicéia e terminando com o Vaticano II (1962-65).

Esse simples mestre mortal Jesus não tinha valor nenhum para ele, mas um ser divino, Filho de Deus, seria muito útil.

Nós realmente precisamos parar e refletir sobre isso. Trezentos bispos reunidos em Nicéia, bispos que, segundo a narrativa de Brown, acreditavam que Jesus era um "profeta mortal". Constantino diz a eles que declarem que Jesus é Deus.

Eles dizem — está bem. Seja como quiser.

Mais uma vez somos obrigados a dizer — verdadeiramente, não. Não é lógico, nem é o que dizem as fontes; simplesmente não foi isso que aconteceu.

Por que não é lógico? Oh, talvez porque quando você examina com o que esses bispos estavam ocupados antes de se reunirem em Nicéia — as liturgias que celebravam, as obras que escreviam e usavam, as Escrituras (àquela altura, bem estabelecidas) a partir das quais eles pregavam e ensinavam —, Jesus como um "profeta mortal" não é exatamente o que você vai encontrar.

Jesus é o Senhor!

É verdade que, durante trezentos anos antes de Nicéia, aquilo que chamamos de "Cristianismo" cuidava apenas de divulgar a sabedoria do profeta Jesus?

Não, de fato, o Cristianismo nunca foi assim.

Quando examinamos os Evangelhos e as epístolas de Paulo, todas datando dos anos 50 d.C. até cerca de 95 d.C., o que encontramos é um padrão consistente de descrições de Jesus como um ser humano, em quem Deus reside em total unicidade.

Os Evangelhos deixam claro que os apóstolos não sabiam, de jeito nenhum, a identidade de Jesus antes da Ressurreição. Eles se apresentam perplexos, confusos e, sendo judeus fervorosos, naturalmente capazes de pensar a respeito de Jesus apenas dentro do contexto disponível para eles: como profeta (sim), mestre, "filho de Deus" e "messias". No contexto judeu, nenhum desses termos implicava uma natureza divina, mas, sim, o sentido de ter sido escolhido exclusivamente por Deus.

Entretanto, à luz da Ressurreição, os apóstolos finalmente entenderam o que Jesus tinha insinuado durante todo o seu ministério e finalmente declarado explicitamente, como narrado por João, capítulos 14-17: que ele e seu Pai eram um só.

Se você ler o Novo Testamento, vai achar isso expresso de todos os modos: Vai encontrá-lo nos Evangelhos; nas lembranças da concepção especial e virginal de Jesus pelo Espírito Santo (veja Mateus 1-2; Lucas 1-2); em todos os relatos do batismo de Jesus e na Transfiguração; no ato de Jesus perdoar os pecadores, o que causou escândalo porque "somente Deus pode perdoar pecados" (veja Lucas 7:36-50; Marcos 2:1-12); e em vários sermões espalhados pelos sinópticos e em João, nos quais Jesus se identifica com o Pai de uma forma que implica dizer que, quando encontramos Jesus, encontramos Deus em sua misericórdia e amor (veja Mateus 10:40; João 14:8-14).

Seguindo adiante, até os *Atos dos Apóstolos* e as epístolas de Paulo que refletem a pregação dos apóstolos e a Igreja primitiva, não é possível deixar de chegar à convicção, no núcleo da pregação, de que Jesus é — não um grande mestre ou um sábio — mas o Senhor. (Leia I aos Colossenses ou II aos Filipenses, por exemplo; ambas datam de umas duas décadas depois da ressurreição de Jesus.)

(A propósito, o objetivo dessa seção não é "provar" a você que Jesus é divino. A intenção é mostrar-lhe que os primeiros cristãos o cultuavam como o Senhor, não o seguiam apenas como um mestre sábio e mortal. A percepção do que você acredita em relação a Jesus não depende de mim ou, pelo amor de Deus, de Dan Brown. Conheça Jesus você mesmo, não por intermédio de um romance, mas por meio dos próprios Evangelhos.)

A compreensão de que Jesus dividia sua natureza com Deus somente se aprofundou nos séculos que se seguiram, como uma rápida pesquisa de coletâneas de textos desse período vai demonstrar. Taciano, para dar apenas um exemplo, foi um escritor cristão que viveu no século 2: "Não agimos como tolos, ó gregos, nem narramos histórias vãs, quando anunciamos que Deus nasceu na forma de um homem" (*Discurso aos Gregos*, p. 21).

Durante esses séculos, como vimos, os mestres cristãos ainda eram obrigados a esclarecer a crença cristã diante da heresia. Uma das heresias que constituía um problema no século 2 chamava-se "Docetismo", nome que vem da palavra grega que significa "eu pareço". Os docetistas acreditavam que Jesus era divino *excluindo qualquer humanidade autêntica*. Eles acreditavam que sua forma e seu sofrimento humanos não foram reais, mas somente uma visão. A existência do docetismo mostra, de forma exacerbada, que a divindade de Jesus era aceita seriamente antes do século 4.

Este não é o lugar para classificar todos os significados e implicações das naturezas divina e humana de Jesus, mas simplesmente para mostrar o quanto é profundamente errada a narrativa de Brown com relação ao pensamento cristão sobre Jesus.

Ele alega que a noção da divindade de Jesus foi inventada por Constantino no século 4. Como o testemunho do Novo Testamento e os primeiros trezentos anos do pensamento e culto cristãos deixam claro, não foi isso que aconteceu. E se estivermos realmente interessados no que pensavam e acreditavam os primeiros cristãos, nós nos sairemos muito melhor se buscarmos uma fonte primária e não um romance popular.

Que fonte é essa? O Novo Testamento, é claro, cujo conteúdo deve ser lido, estudado e refletido por qualquer um que esteja seriamente interessado nessas questões.

E não se esqueça: Em *O Código Da Vinci*, Brown não cita nem ao menos uma vez qualquer livro do Novo Testamento quando discute a identidade de Jesus. Nem sequer uma vez.

Ário e o Concílio

O Concílio de Nicéia *realmente* teve alguma coisa a ver com a questão da divindade de Jesus, mas não tudo aquilo que *O Código Da Vinci* alega que teve.

Como você provavelmente já sabe, se alguma vez tentou classificá-la, nem que tenha sido por um ou dois minutos, a realidade de Jesus como completamente humano e completamente divino é difícil de ser compreendida e articulada, levantando toda sorte de perguntas interessantes e espinhosas, perguntas que não estão respondidas de maneira explícita e direta nas Escrituras.

O Novo Testamento registra o que sentiam as pessoas que conheceram Jesus: um homem completamente humano em quem eles encontravam Deus, que perdoava pecados como Deus fazia, falava com a autoridade de Deus e não podia ser derrotado pela morte. Como explicar isso? Como defini-lo?

Esse processo levou muitos séculos e, como é muito comum nesses casos, a necessidade de definir a identidade de Jesus ocorreu mais estreitamente e de forma clara num contexto de conflito. Idéias poderiam surgir — que Jesus não era realmente humano, que Deus só assumiu a forma de uma pessoa humana como quem veste uma roupa (docetismo) — o que era claramente inconsistente com o testemunho dos apóstolos. Em conseqüência, os bispos e os teólogos tiveram de rearticular o testemunho dos apóstolos de forma que fizesse sentido para a época em que viviam e respondesse às perguntas que as pessoas lhes faziam.

Não era fácil, porque este é, como dissemos, um conceito tremendamente difícil para a nossa mente abranger. Mas lembre-se do que a demonstração significava para aqueles que defendiam o antigo conhecimento de Jesus como completamente humano e completamente divino. Era: Como podemos falar sobre Jesus de um modo que seja completamente fiel à complexidade e totalidade de sua figura que lemos nas testemunhas apostólicas? Porque Jesus é descrito nos Evangelhos como tendo fome, medo e raiva. Ele é descrito agindo com a autoridade de Deus e ressuscitando dos mortos. De qualquer modo que falemos de Jesus, é preciso ser fiel ao testemunho completo, misterioso e estimulante registrado nos Evangelhos e em outros escritos dos primeiros textos cristãos.

No início do século 4, surgiu em cena uma explicação particularmente atraente para o enigma, divulgada por um presbítero (padre) chamado Ário, de Alexandria, no Egito.

Ário ensinava que Jesus não era totalmente Deus. Ele era, certamente, a mais elevada das criaturas de Deus, mas ele não partilhava completamente da identidade e da natureza de Deus. Suas idéias se mostraram, rapidamente, muito populares, e foi *esse* o conflito — entre os seguidores de Ário e os seguidores do Cristianismo tradicional — que o Concílio de Nicéia foi convocado para resolver.

Isso foi feito ao se reafirmar a natureza divina de Jesus, em termos filosóficos, porque esse era o tipo de linguagem no qual Ário tinha proposto o seu argumento. A conclusão é a que lemos no Credo de Nicéia, que Jesus é: "Deus de Deus, Luz da Luz, Deus verdadeiro de Deus verdadeiro, gerado, não criado, consubstancial ao Pai..."

Como o estudioso das Escrituras Luke Timothy Johnson diz em seu livro *The Creed*:

"Os bispos no Concílio de Nicéia consideravam que assim estavam corrigindo uma distorção, não inventando uma nova doutrina. Eles precisavam usar a linguagem filosófica do ser porque essa tinha se tornado a linguagem de análise e porque as Escrituras não forneciam nenhum termo preciso o suficiente para dizer o que eles achavam que precisava ser dito ... eles não achavam que estavam pervertendo mas sim preservando o testemunho completo das Escrituras" (p.131).

E, sim, essa argumentação foi confirmada por uma votação, mencionada por Brown tão apressadamente que se supõe destrói todo o empreendimento. Bem, a verdade é que na tradição judeu-cristã a afirmação da vontade e sabedoria de Deus tem sido buscada de muitas formas. Lemos, por exemplo, o fato de líderes sendo escolhidos por muitas pessoas, tanto no Velho quanto no Novo Testamento, porque os que escolhiam acreditavam que Deus guiaria o resultado.

E não foi, como alega Brown, por voto secreto. Somente dois bispos entre cerca de trezentos (o número exato varia) votaram apoiando a visão reduzida de Ário a respeito de Jesus.

Errado, Mais uma Vez

Dessa forma vemos, mais uma vez, que tudo o que Brown diz a respeito desse aspecto da história cristã é incorreto:

Ele diz que até o século 4 o "Cristianismo" era um movimento formado em torno da idéia de Jesus como um "profeta mortal". Uma leitura simples do Novo Testamento, escrito algumas décadas depois da ressurreição de Jesus, mostra que não é assim. Os primeiros cristãos proclamavam Jesus como Senhor.

Ele diz que o Concílio de Nicéia inventou a idéia da divindade de Cristo. Não foi isso que aconteceu. O concílio cuidou de preservar a integridade do antigo testemunho sobre Jesus, misteriosamente humano e divino.

Errado, mais uma vez, em toda a linha.

Próxima questão?

Bibliografia Recomendada

The Creed: What Christians Believe and Why It Matters, de Luke Timothy Johnson, Doubleday, 2003.

Lord Jesus Christ: Devotion to Jesus in Earliest Christianity, de Larry W. Hurtado, Wm. B. Eerdmans Publishing, 2003.

Questões para Revisão

1. Quais são algumas das passagens das Escrituras que revelam o que os primeiros cristãos acreditavam em relação a Jesus?
2. Qual era o problema tratado pelo Concílio de Nicéia?

Questões para Discussão

1. O que estava em jogo na controvérsia gerada por Ário?
2. O que você pensa sobre o papel desempenhado por Constantino em matéria religiosa?

quatro
REIS DERRUBADOS?

Vamos parar um pouco e fazer um inventário do que foi visto.

Até agora, na nossa jornada através da visão histórica tão levianamente sustentada em *O Código Da Vinci*, descobrimos que:

- As fontes dessas afirmativas sobre a história cristã mais antiga vão do completamente fantástico e sem fundamento ao totalmente irrelevante.
- Brown, ao construir sua versão dos eventos, não usa nenhuma fonte do período em questão — nem o Novo Testamento, nem os textos dos bispos e professores, nem documentos litúrgicos ou históricos.
- As descrições que ele faz da formação do Cânone das Escrituras, do Concílio de Nicéia, do reinado de Constantino e de qual era o entendimento que se tinha sobre a identidade de Jesus no princípio da era cristã, são todas erradas, não tendo nenhuma relação com qualquer entendimento desses eventos, seja no passado ou no presente.

Parece que realmente não há motivo para irmos adiante, não é verdade? Mas, naturalmente, não estamos nem perto de acabar com os relatos inverídicos e as falsidades históricas desse livro, assim... vamos em frente.

Jesus, de alguma forma, realmente "derrubou reis"?

Derrubar Reis e Inspirar Multidões

Chegou a hora de investigar o que *O Código Da Vinci* dá a entender como a história real que está por trás do ministério de Jesus. O que ele ensinava? O que ele estava tentando realizar?

Alguém poderia pensar, naturalmente, que o primeiro lugar onde deveríamos procurar ao tentar responder essa não-particularmente-espinhosa pergunta seria o texto dos Evangelhos encontrados no Novo Testamento. Afinal, todos eles datam apenas de décadas após a morte de Jesus e, embora cada um deles enfatize diferentes aspectos da identidade e do ministério de Jesus, eles também concordam substancialmente em relação ao enfoque dos ensinamentos de Jesus e ao seu estilo de vida.

Seria o que alguém poderia pensar — mas não.

Ao apresentar Jesus, Brown não pode se preocupar com os Evangelhos.

Teabing diz a Sophie que Jesus, é claro, foi uma pessoa real que, como o anunciado Messias, "derrubou reis, inspirou multidões e fundou novas filosofias ... Não é de se admirar que sua vida tenha sido registrada por milhares de seguidores em toda a região" (p. 248).

Bem, não.

Sabemos um bocadinho sobre a história da Palestina e do Império Romano durante o período da vida de Jesus. Não há registro de nenhum judeu leigo de Nazaré fazendo ruir um ou outro.

É difícil avaliar essas coisas, mas podemos seguramente imaginar que a população dessas áreas onde se diz que Jesus pregou — ao norte, na Galiléia, e ao sul, em Samaria e na Judéia — era, de acordo com a estimativa mais alta, por volta de meio milhão de pessoas, a maioria das quais provavelmente jamais ouvira uma pregação de Jesus.

A distância até "multidões" é grande.

Por que Teabing está dizendo isso? Ele se baseia em quê? Nada que tenha registro histórico, com certeza.

Na verdade, os Evangelhos pintam um retrato muito mais complexo do ministério de Jesus. Certamente, ele se encontrava com grandes grupos de pessoas, grandes às vezes o suficiente para obrigá-lo, em certa ocasião, a empurrar um bote para um lago a fim de pregar para todas aquelas pessoas. Mas ele era também rejeitado, não somente por alguns líderes religiosos, mas também por pessoas de sua própria cidade (veja Lucas 4:29-30) e de outras aldeias (veja Mateus 8:34). Os discípulos dele o seguiam e o escutavam, mas também discutiam entre si, e fugiam quando as coisas ficavam difíceis.

Brown descreve Jesus como se ele fosse uma espécie de astro do *rock* do século 1, seguido por multidões de admiradores, gritando continuamente, exigindo a sua presença.

Não era assim.

Do que é que Ele Está Falando?

Em *O Código Da Vinci*, Brown nunca chega a expor claramente qual era a mensagem de Jesus. Ele faz alusões freqüentes a Jesus sendo reverenciado como mestre e profeta, mas não dá detalhes específicos a respeito disso.

A implicação portanto é que a verdadeira mensagem de Jesus está concentrada naqueles textos gnósticos de que tratamos antes e em todo aquele negócio do "sagrado feminino".

Esse, afinal, é o assunto do livro: que a antiga veneração pelo "sagrado feminino" tinha-se perdido e que Jesus, de alguma forma, especialmente em seu relacionamento com Maria Madalena, pretendeu restaurá-lo e, por intermédio dela, assegurar que o mundo voltasse aos trilhos.

De onde vem isso? Talvez das leituras de Brown dos textos gnóstico-cristãos, que realmente subentendem uma condição original de androginia da humanidade que deve ser restaurada.

Nós já expusemos o problema com relação a isso antes, é claro. Os textos gnóstico-cristãos não podem ser atribuídos a nenhuma testemunha próxima de Jesus. Qualquer alusão que eles contenham a falas conhecidas de Jesus dependem de documentos mais antigos — os Evangelhos Sinópticos (Mateus, Marcos e Lucas), na maior parte do tempo.

O segundo problema, se isso não o convencer, é que o uso que Brown faz dos documentos gnósticos é altamente seletivo. Os textos gnósticos que chegaram até nós são de lotes diferentes, porque, é claro, o gnosticismo tinha várias correntes. Mas, ao lado de ecos ocasionais do "sagrado feminino", você vai encontrar com mais freqüência correntes de pensamento abstrusos e esotéricos, envolvendo centelhas, senhas, forças do bem e do mal e inúmeros níveis de paraíso. Você vai encontrar também anti-semitismo e, inconvenientemente, alguma misoginia.

Os defensores do valor dos textos gnósticos para a recuperação de algum tipo de atividade de Jesus que tenha se perdido e que valorize essa coisa que chamamos de "sagrado feminino" parecem nunca mencionar outras passagens, como Philip Jenkins observou em seu livro *The Hidden Gospels:*

"O Jesus gnóstico veio para dar a libertação espiritual, e encontramos repetidamente nos textos variantes do tema que o Salvador veio para 'destruir as obras da fêmea'". Em *The Dialogue of the Savior*, lemos que "Judas disse... 'Quando oramos, como devemos orar?' O Senhor disse: 'Ore em um lugar em que não haja mulheres.'." ... É estranho denunciar o Cristianismo pelo celibato e aversão pelo corpo, enquanto ignora exatamente as mesmas imperfeições no Gnosticismo..." (pp. 211-212).

Portanto, não, não há evidências de que Jesus tenha derrubado reis, fundado filosofias ou abraçado a causa do "sagrado feminino". O testemunho mais antigo, entretanto, não silencia a respeito do que ele disse, e o que relata é consistente com as Escrituras e com a vida de oração — o ponto de contato entre cristãos e o Senhor vivo — das primeiras comunidades cristãs.

O enfoque dos ensinamentos de Jesus foi o reinado ou reino de Deus. Ele deu voz a essa mensagem nas pregações, nas parábolas e no seu relacionamento com outras pessoas. Ele indicou, por meio de suas palavras e ações, que Deus é amor — amor, compaixão e misericórdia por todas as pessoas. Esse amor de Deus estava, como suas palavras e ações revelavam, presente nele. Onde Jesus atuava, o reino estava presente. Somos uma parte do reino de Deus quando vivemos em união com Jesus e conduzimos a nossa vida de acordo com ele: um modelo de discipulado de amor, sacrificial, que não leva em conta o custo.

A propósito, esse enfoque não é secreto. Ler o Novo Testamento revela uma surpreendente coerência nesse quadro geral do que tratava Jesus: discipulado centrado em Deus, amor, sacrifício e alegria.

> "Simão Pedro disse a eles: 'Deixem que Maria nos abandone, porque as mulheres não são merecedoras da Vida.' Disse Jesus, 'Eu mesmo vou conduzi-la para fazer dela um homem, para que ela assim possa se tornar um espírito vivo como vocês homens. Porque toda mulher que se fizer homem entrará no Reino dos Céus'" (*Evangelho de Tomé*, p. 114 [*The Nag Hammadi Library*, James M. Robinson, editor. Harper and Row, 1976, p. 130]).
>
> Essa é uma passagem definitiva do mais conhecido texto gnóstico, uma passagem que não é citada em *O Código Da Vinci.*

Um Jesus Mais Humano

Um dos pontos freqüentemente levantados em *O Código Da Vinci* é que o Cristianismo tradicional estava determinado a suprimir os textos gnósticos que faziam referência a ele porque apresentavam um retrato "humano" de Jesus, que era o que predominava nos séculos que antecederam a chegada em cena de Constantino. E assim por diante.

Já passamos por isso no último capítulo, indicando o entendimento de Jesus como o Senhor, como divino, como Filho de Deus, o que está claro nos textos do Novo Testamento, os quais datam do século 1.

Mas é importante ir um pouco mais fundo nessa alegação de que a história oficial enfatiza o lado divino de Jesus à custa da sua humanidade, que é posta em relevo pelos textos gnósticos. Brown diz isso uma porção de vezes, mas nunca dá nenhuma evidência específica para apoiar essa caracterização. Devemos acreditar nele?

Talvez não. Uma pessoa que dedique não mais do que uma hora para ler com atenção qualquer dos Evangelhos canônicos lado a lado com um par desses relatos gnósticos pode perceber como essa caracterização é falsa.

Porque, ao ler os textos gnósticos, você pode ficar surpreso por não encontrar um Jesus particularmente "humano". Ele é um mestre, mas há muito pouco a respeito dele que seja reconhecidamente ou exclusivamente humano. Ele distribui sabedoria, revela segredos e maravilha-se e vagueia de um lado para outro numa névoa suavemente espiritual, e fala, e fala. E fala.

Isso faz sentido, é claro, já que as correntes do pensamento gnóstico geralmente desvalorizam o mundo material, inclusive o corpo humano. Os textos gnósticos sobre Jesus ignoram claramente, por exemplo, a Paixão e morte de Jesus. Para ter certeza, leia os textos gnósticos favoritos, como o *Evangelho de Filipe*, o *Evangelho de Tomé* e o talvez gnóstico *Evangelho de Maria*. Leia todos esses longos diálogos. Então, digamos, abra o Livro de Mateus no capítulo 26:37-38:

"E levando consigo Pedro e os dois filhos de Zebedeu, começou a entristecer-se e a angustiar-se muito. Então lhes disse: 'A minha alma está cheia de tristeza até a morte; ficai aqui, e velai comigo'."

E então percorra o resto dos Evangelhos. Vai ler sobre Jesus comendo, bebendo, ficando zangado, assustado, solitário e lamentando, sofrendo e morrendo.

Somente alguém que não esteja familiarizado com os Evangelhos poderia sustentar que eles apresentam um retrato "não-humano" de Jesus. Na verdade, o que ocorre é o oposto. O motivo que levou os mestres cristãos a lutarem tão bravamente contra as idéias gnósticas e similares era precisamente porque essas doutrinas *desenfatizavam* a humanidade de Jesus, e eram, dessa forma, infiéis ao antigo testemunho preservado no Novo Testamento.

Mas, talvez, quando Brown e outros como ele sugerem que precisamos de um Jesus mais "humano", que supostamente não nos é apresentado pelo Novo Testamento, eles não estão preocupados com as características que discutimos anteriormente. Eles devem estar falando de alguma outra coisa. Pode ser que estejam falando a respeito de sexo.

Jesus Era Casado?

No próximo capítulo, vamos investigar a maravilhosa e intrigante personalidade de Maria Madalena (que é, por acaso, venerada como santa pelos católicos e pelos ortodoxos, e não vilipendiada como Brown sugere) e especificamente os indícios do relacionamento de Jesus com ela.

Já que estamos falando de contornos gerais e do direcionamento da vida de Jesus, como é apresentado em *O Código Da Vinci*, é um bom momento para falar a respeito da questão do casamento de Jesus.

É importante estabelecer desde o princípio que quaisquer dúvidas com relação a Jesus ter ou não se casado não se originam do "medo" ou de aversão à sexualidade. Isso é o que sugerem freqüentemente aqueles que defendem a idéia de Jesus casado — que, imagine!, não conseguimos lidar com um Jesus casado porque somos tão esquisitos com relação ao sexo, e isso simplesmente iria destruir a nossa fé só de pensar nisso, porque odiamos sexo.

Oh, não diga!

Medo ou negação não é a questão que se coloca aqui. A questão é aquilo que os textos e os indícios mais fortes revelam quando encarados honesta e objetivamente.

Em *O Código Da Vinci*, nosso amigo Teabing (é claro) deixa Sophie saber que, naturalmente, Jesus era casado, dizendo, sem rodeios: "É uma questão de registros históricos" (p. 261).

Onde isso está registrado?

Como já destacamos, os melhores registros históricos que temos para revelar a vida de Jesus são os Evangelhos canônicos, que foram escritos algumas décadas apenas depois de sua morte e ressurreição. Eles têm seus limites, certamente, como todos os documentos antigos, mas quando queremos responder às perguntas relacionadas com o que Jesus fez e como ele era, esses textos seriam os mais indicados para se começar (textos aos quais, vamos repetir incansavelmente, Brown nunca se refere).

E a grande novidade é: eles não mencionam Jesus na condição de casado. Nunca.

Existe uma argumentação levantada em torno desse silêncio, e alguém chegou a escrever um livro inteiro baseado nesse fato, e quantas vezes já não ouvimos isso: Os Evangelhos se calam a respeito do casamento de Jesus porque essa era a condição normal de um judeu da época; assim, essa condição ficava subentendida e ninguém jamais a julgou importante o suficiente para ser mencionada.

Brown sugere que o silêncio também trabalha do lado contrário. Se ele não era casado, os escritores dos Evangelhos teriam levado um minuto ou dois para explicar ou defender esse fato porque teria sido muito fora do comum.

Evidentemente, uma alegação extraída do silêncio é um argumento delicado, mas há mais o que dizer sobre o assunto do que simplesmente deixá-lo como está. John Meier, da Universidade Católica da América, muito habilmente esvaziou essas evidências em seu livro *A Marginal Jew*. Vamos levar em consideração aqui dois de seus pontos de vista.

Em primeiro lugar, Meier critica o argumento do silêncio porque os Evangelhos não silenciam nem um pouco sobre os outros relacionamentos de Jesus. Mencionam seus pais e outros parentes com muita freqüência. Eles o descrevem entrando em contato, e mesmo em conflito, com pessoas de Nazaré, sua terra natal. Lucas chega a citar os nomes de mulheres que estavam entre os discípulos e que o seguiram, servindo-o: Maria Madalena, Joana e Suzana (veja Lucas 8:2,3).

Dado esse não-silêncio explícito com relação aos laços de família de Jesus e sobre as mulheres que o seguiram, não vemos motivo para que uma esposa não fosse mencionada.

Continuando, Meier trata da alegação de que o casamento era absolutamente normativo para os homens judeus do tempo de Jesus, especialmente os rabinos, e um Jesus não casado exigiria uma defesa especial a fim de preservar sua credibilidade. Não havia como Jesus ser encarado seriamente se ele não fosse casado.

Essa afirmação simplesmente não é verdadeira. Meier critica esse argumento em diversos níveis. Primeiro, Jesus não era um rabino. Ele era chamado "rabino", que quer dizer "mestre", pelos discípulos, mas os indícios não sugerem que ele fosse, tanto no sentido formal quanto no institucional, um rabino.

A alegação erra também porque apresenta um retrato monolítico do Judaísmo do século 1 que não representa a realidade. Havia, de fato, pelo menos uma seita judaica nesse período cujos membros praticavam o celibato: os essênios, que viviam em comunidade em Qumrán, perto do Mar Morto, que deixaram os Manuscritos do Mar Morto.

Há definitivamente uma tradição no Judaísmo de figuras cujas vidas eram tão inteiramente dedicadas ao trabalho de Deus e à Lei que permaneciam solteiras. O profeta Jeremias é uma delas. A tradição judaica que se baseava nos textos das Escrituras oferece uma descrição de Moisés celibatário na ocasião em que se encontrou com Deus no Monte Sinai. João Batista, também certamente uma figura histórica, não era casado, como também Paulo, segundo a crença da maioria dos estudiosos.

Meier conclui:

"Quando relacionamos todas essas tendências, percebemos que o século 1 d.C. foi povoado por alguns notáveis indivíduos e grupos celibatários: alguns essênios e qumranitas, o Terapeuta, João Batista, Jesus, Paulo, Epicteto, Apolônio e diversos cínicos errantes. O celibato era sempre uma escolha rara e algumas vezes ofensiva no século 1 d.C. Mas era uma escolha viável" (p. 342).

Assim, o que se tem é que: Não há evidências de que Jesus fosse casado nos textos mais confiáveis a seu respeito, e o que se sabe com relação ao meio em que se vivia no século 1 sugere que não seria absolutamente inaudito o fato de um indivíduo única e exclusivamente devotado a Deus permanecer solteiro.

A Verdade e as Conseqüências

A declaração expressa em *O Código Da Vinci* de que o Cristianismo tradicional desvaloriza a humanidade de Jesus é falsa. Os Evangelhos nos apresentam de forma consistente uma figura real, muito humana, em oposição à figura etérea que encontramos nos textos gnósticos. Muitas lutas e conflitos teológicos dos quatro primeiros séculos da história do Cristianismo refletem a determinação dos mestres cristãos de serem fiéis ao registro dos Evangelhos e, tão misteriosamente quanto possa ser, permanecem firmes na retaguarda da completa humanidade de Jesus.

Precisamos também dar uma espiada, por um instante apenas, na devoção e na arte cristãs através dos séculos, desde aquele dia supostamente decisivo, no ano 325 d.C., quando Constantino expulsou do quadro a humanidade de Jesus.

As preces cristãs através dos tempos com freqüência têm feito a ligação com Jesus por intermédio de suas "aflições", de sua compaixão e sofrimento. A arte de inspiração cristã nos apresenta um Jesus bebê sugando o seio de sua mãe, um homem espancado e sangrando e até mesmo um cadáver inerte, de volta aos braços de sua mãe.

A idéia de que alguém possa levar a sério o enredo de *O Código Da Vinci* nos diz muito. Isso nos revela que gente demais — tanto dentro quanto fora do Cristianismo — está desligada do retrato de Jesus revelado pelos Evangelhos e da rica tradição da teologia cristã e da reflexão espiritual sobre o mistério da humanidade de Jesus. Seja lá o que for que estejam aprendendo sobre Jesus, eles não estão aprendendo isso dos Evangelhos e da tradição cristã, o que então os deixa abertos para aceitar distorções como as que encontramos em *O Código Da Vinci*.

O Cristianismo não valoriza a humanidade de Jesus? A verdade está tão próxima quanto a imagem que está dependurada na parede da igreja mais perto de sua casa. Duas traves. Um homem. Não um fantasma. Não um mito. Um homem.

Bibliografia Recomendada

The Real Jesus, de Luke Timothy Johnson, Harper San Francisco, 1996.

Questões para Revisão

1. Por que é errado dizer que os textos gnósticos apresentam uma visão "mais humana" de Jesus do que os Evangelhos canônicos?
2. Quais as evidências que indicam a possibilidade de Jesus não ser casado?

Questões para Discussão

1. Quais foram algumas das diversas reações à pessoa de Jesus durante seu ministério?
2. Por que a completa humanidade de Jesus é tão importante para a crença cristã?

cinco
MARIA, CHAMADA MADALENA

O *Código Da Vinci* não trata somente de Jesus, é claro. Relaciona-se muito com sua suposta mulher, Maria Madalena.

Antes de fazermos um levantamento do que sabemos a respeito de Maria Madalena (o que não é muito), vamos dar uma espiada rápida por aquilo que Brown diz.

Segundo ele, ela era uma judia da tribo de Benjamim, que foi casada com Jesus e dele teve uma filha. Jesus pretendia que sua igreja ficasse nas mãos dela e que essa igreja se voltasse para a reintegração do "sagrado feminino" na vida e na mente humana. Ela fugiu para a comunidade judaica em Provence depois da crucificação de Jesus, onde ela e sua filha, Sara, ficaram protegidas. O útero dela é o "Santo Graal". Seus ossos estão sob a pirâmide de vidro na entrada do Louvre. O Priorado de Sião e os Cavaleiros Templários dedicaram-se a proteger a história dela e suas relíquias. O Priorado a venera "como a Deusa ... e a Divina Mãe" (p. 272).

Realeza judaica ... mulher de Jesus... Santo Graal ... Deusa.

Isso é que é currículo.

Considerando que Maria Madalena é mencionada apenas algumas vezes nos Evangelhos, de onde vieram essas idéias?

Bem, a resposta a isso está bem no romance, quando Teabing, nosso célebre estudioso, exibe sua biblioteca, dizendo: "A linhagem real de Jesus Cristo vem sendo alardeada em detalhes exaustivos por muitos historiadores" (p. 270). (E aí vamos nós mais uma vez enfrentar esse verniz de erudição.)

Ele cita *The Templar Revelation* e *Holy Blood, Holy Grail* — duas obras sobre uma barata e pseudo-histórica teoria de conspiração, e *The Goddess in the Gospels* e *The Woman With the Alabaster Jar*, ambos de Margaret Starbird, que, entre outras coisas, usa a numerologia — a soma dos números do nome pelo qual ela era chamada — para concluir que Maria Madalena era venerada como uma deusa entre os cristãos primitivos:

"Eles entendiam a 'teologia dos números' do mundo helenístico, números codificados no Novo Testamento que foram baseados em seu antigo cânone de geometria sagrada deduzida pelos pitagóricos séculos antes ... Não foi por acidente que o epíteto de Maria Madalena gerou os números que, para os letrados da época, a identificavam como a 'Deusa nos Evangelhos'" (*Mary Magdalene: The Beloved*, Margaret Starbird; www.magdalene.org/beloved-essay.htm).

Bem, nós nos sentimos realmente obrigados a parar e a pensar sobre isso por uns momentos. Quer dizer então que os Evangelhos não podem ser consultados ou lidos pelo seu significado visível, e nem por um segundo podemos acreditar que eles transmitem qualquer verdade sobre os acontecimentos que eles descrevem? Mas, será que eles comunicam em código que os primeiros cristãos viam Maria Madalena como uma deusa?

Já que eles a viam como uma deusa, então por que simplesmente não disseram isso? Por que ter todo esse trabalho com a história de Jesus-crucificado-ressurreto quando se pode simplesmente venerar Maria Madalena, se é exatamente isso o que se quer fazer? Não é como se existisse alguma censura social, cultural ou política dirigida àqueles que quisessem venerar uma deusa. Certamente você não seria detido, preso e executado, como no caso de sua fé ser dirigida a uma outra figura determinada, que permanecerá anônima e que supostamente não era venerada até o século 4.

Assim, mais uma vez, antes que fiquemos muito entusiasmados com as afirmativas de *O Código Da Vinci*, vamos nos lembrar da importância de verificar as fontes. Quanto ao material relativo a Maria Madalena, essas são as fontes básicas:

Maria Madalena como mulher de Jesus, mãe de sua filha, e o verdadeiro "Santo Graal": *Holy Blood, Holy Grail* e *The Templar Revelation;*

Maria Madalena como uma deusa, como fonte do "sagrado feminino": a obra de Margaret Starbird;

Maria Madalena como a líder do Cristianismo designada por Jesus: diversos estudiosos contemporâneos trabalhando com textos gnósticos.

Antes de entrarmos em maiores detalhes sobre qualquer dessas questões, é bom parar, esquecer a especulação e voltar ao lugar onde pela primeira vez ouvimos falar de Maria Madalena: os Evangelhos.

Quem Foi Maria Madalena?

Não há dúvida de que Maria foi uma figura histórica. Ela é mencionada nominalmente nos Evangelhos e desempenha um papel extremamente importante, junto com outras mulheres, em relação à Paixão e ressurreição de Jesus.

Somente um Evangelho a cita fora daqueles últimos dias de Jesus. É Lucas, que escreve sobre o ministério de Jesus dedicado à pregação e ao anúncio das Boas Novas, acompanhado pelos Doze Apóstolos e:

"... e algumas mulheres que haviam sido curadas de espíritos malignos e de enfermidades: Maria Madalena, da qual saíram sete demônios; e Joana, mulher de Cusa, procurador de Herodes, e Suzana, e muitas outras que o serviam com suas fazendas" (8:2, 3).

Essas mulheres da Galiléia, ao que parece, decidiram lançar a sua sorte em Jesus, dando-lhe apoio em coisas práticas, fornecendo-lhe comida e talvez até mesmo dinheiro.

Para encontrarmos outras aparições inequívocas de Maria, precisamos ir até o final dos Evangelhos, onde, em todos eles, há uma descrição dela como testemunha da crucificação e do sepultamento de Jesus, indo depois até o sepulcro na manhã de Páscoa para ungir o corpo dele.

> "Madalena" não é o sobrenome de Maria — as pessoas naquele tempo não tinham sobrenome. Eram identificadas por sua relação com seu pai ou cidade natal. Muitos estudiosos acreditam que Madalena signifique "de Magdala", uma cidade na margem ocidental do Mar da Galiléia.

Está lá, de acordo com todos os quatro Evangelhos, que Maria recebeu as Boas Novas, primeiramente de um anjo (veja Mateus 28:1-7; Marcos 16:1-8; Lucas 24:1-10), e então do próprio Jesus (veja Mateus 28:9-10; João 20:16-18), que não só apareceu para Maria e os outros que ali estavam e lhes disse para não terem medo, mas também os instruiu para irem ao encontro dos apóstolos para lhes contar as Boas Novas.

Assim Maria Madalena foi, na verdade, uma das primeiras evangelizadoras, ou, como o Cristianismo oriental a chamou durante muito tempo, a "igual-aos-apóstolos", visto que ela anunciou as Boas Novas da ressurreição de Jesus.

Então, o que Aconteceu?

Observe o que está faltando (ao lado da questão da deusa, naturalmente) nas diversas vezes em que Maria Madalena é mencionada: Ela não era uma prostituta arrependida?

Isso ocupa um lugar de muita importância em *O Código Da Vinci*, que freqüentemente se refere à identificação de Maria Madalena como prostituta como parte de um esquema vicioso maquinado pela Igreja para opor-se a qualquer suspeita, ou mesmo (diz-se) evidência histórica, da liderança de Maria Madalena no Cristianismo primitivo.

Duas questões: Primeiro, essa associação de Maria Madalena com a prostituição realmente desenvolveu-se por séculos no Cristianismo Ocidental (embora isso não tenha ocorrido no Oriental). Entretanto, não há evidência de que tenha sido feita, como Brown e suas fontes asseguram, por malícia, misoginia ou por medo da autoridade feminina.

Há muitas Marias mencionadas nos Evangelhos e uma porção de outras mulheres importantes, mesmo não tendo sido citadas nominalmente. Os leitores das Escrituras durante muito tempo confundiram as Marias, ou imaginaram se poderia haver alguma razão para associar uma determinada Maria mencionada em um lugar a uma Maria ou outra mulher citada em outro.

Há, por exemplo, duas histórias diferentes de mulheres ungindo os pés de Jesus e secando-os com seus cabelos. Em Lucas 7:36-50, Jesus encontra uma "mulher ... uma pecadora", que, chorando de arrependimento, unge e banha os pés dele, e então os seca com seus cabelos. Ela age assim como forma de agradecer por ele lhe perdoar os pecados (os quais, é preciso dizer, não são explicitados). Em João 12:1-8, Jesus, a caminho de Jerusalém, pára na casa de Lázaro (que ressuscitou em João 11) e de suas irmãs, Marta e Maria. Maria unge os pés dele e os seca com seus cabelos como um prenúncio solene da unção que ele irá receber em seu sepultamento, poucos dias depois.

A história da mulher penitente em Lucas aparece apenas alguns versículos antes que ele mencione Maria Madalena pelo nome, assim alguns, incluindo mais significativamente o Papa Gregório I em um sermão em 591 d.C., associaram as duas. O problema que envolve essa teoria é que, quando Lucas apresenta uma pessoa com um nome, ele a nomeia especificamente. Se essa mulher fosse realmente Maria Madalena, como muitos julgam, ele a teria identificado imediatamente em vez de fazer isso na segunda vez em que a mencionasse.

Então, como Maria Betânia unge Jesus antes que ele entre em Jerusalém, algumas tradições fazem a ligação entre ela e a outra mulher que o unge em Lucas 7, e então com a chamada Maria Madalena em Lucas 8, unificando as três mulheres.

Isso foi exatamente o que aconteceu na Igreja Ocidental, a qual, do início da Idade Média até que o calendário litúrgico fosse reformado em 1969, considerou o dia 22 de julho como o dia de Maria Madalena para recordar as três mulheres de cada uma dessas histórias do Evangelho.

A Igreja Ortodoxa Oriental, entretanto, não junta essas figuras, tratando-as sempre como pessoas isoladas. A Igreja Ortodoxa presta grandes homenagens a Maria Madalena, chamando-a de "portadora da mirra" (uma das especiarias usadas na unção) e "igual-aos-apóstolos".

Agora, aqui há uma questão extremamente importante e vital:

Brown sugere, repetidamente, que Maria Madalena foi marginalizada e demonizada pelo Cristianismo tradicional, que a pintou, como ele diz, como uma mulher devassa, uma prostituta, e assim por diante, supostamente num esforço para diminuir a sua importância.

Da mesma forma que tantas outras coisas que achamos em Brown, isso não só está errado — simplesmente não faz sentido.

O Cristianismo, tanto Oriental quanto Ocidental, reverenciou Maria Madalena como santa.

Uma santa. Eles deram seu nome a igrejas em sua homenagem, rezaram em suas supostas tumbas diante do que se acreditava que fossem relíquias dela, e atribuíram milagres a ela.

Onde no mundo, em que universo, isso pode ser considerado como demonização?

Resposta: não é.

Em relação a esse tema da prostituição, mesmo naquelas partes do Cristianismo em que se liga Maria Madalena àquela "mulher ... uma pecadora", de Lucas 7, seu pecado não é enfatizado porque, é claro, o Cristianismo não se demora sobre um pecado depois do arrependimento. Essa é questão da fé em Jesus. Não, Maria Madalena, como as lendas a seu respeito atestam, foi lembrada em primeiro lugar pelo seu papel como testemunha da ressurreição de Jesus.

Antes da Renascença, a imagem de Maria Madalena era sóbria. Somente na Renascença encontramos uma desmazelada, seminua e desgrenhada Madalena arrependida. Os artistas renascentistas tinham um interesse crescente numa reprodução mais naturalista da forma humana e numa integração mais explícita da emoção humana na representação artística. A representação de Maria Madalena tinha muito menos a ver com o modo como a Igreja Cristã estava falando dela do que com interesses artísticos.

"Cristianismo Madaleno"

Essa é a expressão que a estudiosa Jane Schaberg usa para descrever sua visão de possibilidades futuras do Cristianismo, com base em suas hipóteses sobre o passado.

Schaberg e outras graduadas feministas contemporâneas, como Karen King da Harvard Divinity School, têm usado o papel proeminente de Maria Madalena em alguns textos gnósticos do final do século 2 em diante para sugerir que eles revelam uma luta ferrenha dentro do Cristianismo, entre um partido de Pedro e outro de Maria Madalena.

Em *O Código Da Vinci*, Teabing declara isso, ao dizer que a arte de Leonardo da Vinci também dá pistas para essa verdade, verdade que ele diz estar contida "nesses evangelhos inalterados".

> Maria Madalena na Provence: Parte da história de Brown sobre Maria Madalena declara que ela acabou na Provença, no sul da França. As lendas da tradição católica realmente a colocam lá e lhe dão o crédito pela evangelização das pessoas daquela região. As tradições dos cristãos orientais declaram que ela foi para Éfeso e ali evangelizou com São João.

Vamos resumir rapidamente os problemas lógicos com relação a isso da forma como a questão foi tramada no romance:

Se o partido de Pedro — que podemos assumir como o "vencedor" e que Brown diz a todo momento que é quem escreve a história — realmente estava tão inflexível em expurgar Maria e diminuir sua importância, por que eles iriam conservar seu papel principal nos relatos da Ressurreição como a primeira pessoa a receber as Boas Novas?

Brown nos disse anteriormente que, antes de Constantino praticar sua má ação em 325 d.C., os cristãos de todo lugar simplesmente acreditavam em Jesus como um "homem mortal". Se fosse esse o caso, quem, exatamente, constituía o partido de Pedro? Presumivelmente, eles foram os "vencedores", o que significa que eles devem ter acreditado na divindade de Jesus, porque foi esse o ponto de vista que "venceu"; mas então a divindade de Jesus não foi inventada em 325 d.C.? E onde eles estavam esse tempo todo?

Finalmente, afastando-nos do puro prazer de desenredar essas gritantes inconsistências lógicas, queremos voltar às evidências.

Há alguma evidência de um elemento cristão ortodoxo em luta pela supremacia com um partido pró-Madalena, degradando-a no processo?

Não. É pura especulação, baseada em leituras motivadas ideologicamente de textos datados de pelo menos cem anos depois da vida de Jesus. Algumas seitas gnóstico-cristãs que surgiram no final do século 2, obviamente, concedem a Maria Madalena o papel principal. As passagens dos textos gnósticos que sugerem uma intimidade entre Jesus e Maria não têm nenhum elemento rastreável até o século 1 e se prestam a uma questão teológica, normalmente para apoiar a versão deles do Cristianismo e diminuir o papel de Pedro e dos apóstolos.

Mas aqui é que está o problema. Se os escritores cristãos ortodoxos do período sabiam disso, e se isso os preocupava, eles provavelmente teriam tratado dele diretamente, porque eles, na verdade, falaram negativamente de algumas seitas gnósticas em que mulheres atuavam como líderes ou profetas. Entretanto, os textos que temos não criticam especificamente qualquer grupo por divisar Maria como líder em detrimento de Pedro. Além disso, singularmente, durante esse período, período em que supostamente Maria teria sido demonizada pelos ortodoxos, não encontramos nada nas leituras além de louvores a ela.

Hipólito, ao escrever em Roma no final do século 2 e início do século 3, descreve Maria Madalena como a Nova Eva, cuja fidelidade se opõe ao pecado de Eva no Jardim do Éden (uma imagem usada muitas vezes também para Maria, a Mãe de Jesus). Ele também chama Maria Madalena "o apóstolo para os apóstolos". Santo Ambrósio e Santo Agostinho, ambos escrevendo mais ou menos um século depois, também falam de Maria Madalena como a Nova Eva.

Então, mais uma vez, nada do que Brown diz faz sentido. Durante o período em que supostamente o partido de Maria lutava com o partido de Pedro pela chefia da Igreja, os padres da Igreja estavam escrevendo altos louvores a ela e guardando como um tesouro os Evangelhos que caracterizavam seu papel nas aparições da Ressurreição.

Não há nada na realidade que conste das Escrituras sobre Maria Madalena ou no modo como ela tem sido tratada na tradição cristã oriental ou ocidental que apóie qualquer coisa que Brown afirme.

Como continuamos a descobrir, portanto, a verdade é muito mais interessante e autenticamente inspiradora do que qualquer das fantasias que *O Código Da Vinci* possa sugerir.

Bibliografia Recomendada

Women in the New Testament, de Mary Ann Getty-Sullivan, Liturgical Press, 2001.

Questões para Revisão

1. De acordo com os Evangelhos, quem era Maria Madalena?
2. Como Maria Madalena tem sido lembrada ao longo da história cristã?

Questões para Discussão

1. O que os cristãos contemporâneos podem aprender da importância dada a Maria Madalena nos relatos sobre a Ressurreição?
2. Qual o papel que as mulheres parecem desempenhar no ministério de Jesus? O que o testemunho delas transmite com relação ao discipulado cristão?

seis
A ÉPOCA DA DEUSA?

Um dos elementos mais chamativos de *O Código Da Vinci* para muitos leitores é a idéia do "sagrado feminino".

Eles ficam intrigados por aquilo que o autor, Brown, dá a entender que vai revelar sobre o passado: que houve um período remoto da história durante o qual, no mínimo, a humanidade vivia consciente da necessidade de conservar os elementos masculinos e femininos em equilíbrio, e fazia isso por meio do culto a divindades e espíritos tanto masculinos quanto femininos. Ainda mais intrigante é a possibilidade de que tenha havido, como Langdon conta a Sophie, um período em que o "paganismo matriarcal" governou o mundo.

Os leitores também se interessam pelas alegações sobre as mulheres e o Cristianismo: que Jesus ensinava a união dos aspectos femininos e masculinos da realidade, e que as mulheres foram líderes no começo do Cristianismo, até o "Cristianismo patriarcal" empreender "uma campanha de demonização do sagrado feminino, eliminando a deusa da religião moderna para sempre" (p. 134).

É fácil ver o apelo de uma visão do passado desse tipo, especialmente para as mulheres que se sentem desligadas do Cristianismo pelo que elas entendem (correta ou erroneamente) ser a sua conceitualização e o tratamento reservado às mulheres.

Assim, é claro, dá para perceber como essa visão é atraente. Mas qual o uso que pode ter qualquer visão, como pode servir de fonte real de força ou de inspiração, se não for verdadeira?

O "Sagrado Feminino"

Brown faz uso de duas correntes de pensamento quando escreve (como ele faz, incessantemente) sobre o "sagrado feminino".

Em primeiro lugar, ele está recorrendo a uma escola de pensamento que surgiu no século 19 e que defende a idéia de o antigo culto das deusas ter nascido de um culto mais primitivo voltado a uma grande "Deusa Mãe", explicado em parte pelo grande respeito que as pessoas tinham pelo mistério e pela força do nascimento. Descobertas arqueológicas de figuras femininas grávidas, entre outros artefatos, eram usados para apoiar essa teoria, que evoluiu no final do século 20 para declarar, como a escritora Charlotte Allen propõe, que:

"Essa cultura de natureza harmônica, respeitadora da mulher, pacífica e igualitária prevaleceu naquilo que hoje é a Europa Ocidental durante milhares de anos ... até que invasores indo-europeus varreram a região, introduzindo deuses guerreiros, armas projetadas para matar seres humanos e a civilização patriarcal" (*The Atlantic*, janeiro, 2001).

Recentemente, entretanto, a ideologia que orienta essas conclusões, a natureza ambígua desses artefatos e a descoberta em muitos desses locais de armas e evidências claras de uma divisão tradicional de trabalho baseada no sexo das pessoas, puseram em perigo o mito da Deusa Mãe. Não existem evidências sugerindo que essa época sequer tenha existido.

Uma das mais grotescas disputas de Brown é a de que mesmo o antigo Judaísmo valorizava o "sagrado feminino" como um aspecto distinto do divino, evidenciado pela prática de sexo ritualístico no Templo de Jerusalém.

Isso é muito estranho, e é muito difícil dizer de onde Brown tirou isso. Certamente não há evidências em nenhum lugar que apóiem isso, e é uma prática que se coloca em oposição direta ao que as Escrituras Hebraicas indicam como exigência para aqueles que tomam parte no sacrifício e no culto no Templo: um escrupuloso ritual de purificação, que envolve abstinência de atividade sexual por um período antes da participação no culto. O estudioso da Escritura Jesuítica Gerald O'Collins caprichosamente esvazia essa afirmação:

"A propósito do Judaísmo, Brown apresenta alguns erros surpreendentes sobre sexo ritualístico e Deus. Os estudiosos do Velho Testamento concordam que a prostituição algumas vezes era usada para conseguir dinheiro para o templo. Mas não há evidências convincentes de prostituição sagrada ou ritual, e nem de homens israelitas indo ao templo para ter a experiência de uma realização espiritual completa por meio de uma relação sexual com uma sacerdotisa (p. 328). Na mesma página, Brown explica que o Santo dos Santos 'abrigava não só Deus como também sua poderosa consorte feminina, Shekinah'. Uma palavra não encontrada na Bíblia mas em textos rabínicos mais recentes, Shekinah refere-se à proximidade de Deus em relação ao seu povo e não a alguma consorte feminina" (*America*, 15 de dezembro, 2003).

O'Collins também esvazia a afirmação de Brown no mesmo trecho de que YHWH é derivado de Jeová, o que é, evidentemente, completamente oposto à realidade:

"Também é um absurdo de tirar o fôlego afirmar como 'fato' que o sagrado tetragrama, YHWH, 'derivava de Jeová, uma união física andrógina entre o masculino, *Jah*, e o nome feminino pré-hebraico de Eva, *Havah*'. YHWH é escrito em hebraico sem nenhuma vogal. Os judeus não pronunciam o nome sagrado, mas "Yahweh" era aparentemente a correta vocalização das quatro consoantes. No século 16, alguns escritores cristãos introduziram Jeová sob a noção errônea de que as vogais que usavam eram as corretas. Jeová é um substantivo artificial criado a menos de 500 anos, e certamente não é um substantivo antigo e andrógino do qual YHWH deriva" (*ibid*).

As culturas antigas veneravam divindades femininas, é claro, como fazem as doutrinas animistas e politeístas (como o Hinduísmo) atuais. Muitas das divindades femininas são mulheres de divindades masculinas. As doutrinas antigas refletem verdadeiramente uma percepção dos princípios masculino e feminino na trama da realidade, mas não revelam qualquer consciência ou reverência em particular pelo "sagrado feminino", como Brown insistentemente descreve.

Um exame mais atento do Cristianismo Católico e Ortodoxo, como tem sido praticado durante dois mil anos, não revela exatamente uma espiritualidade embebida em imagens patriarcais à custa do princípio feminino. Mas examinaremos isso melhor mais adiante.

Finalmente, era de esperar que as sociedades alimentadas pelo tipo de doutrina espiritual que Brown sugere fossem profundamente igualitárias. Surpreendentemente, não encontramos exemplos desse igualitarismo em nenhuma cultura antiga que cultuasse tanto deuses como deusas, ou nem mesmo naquelas que praticavam o sexo ritual (nem de longe tão universal quanto ele sugere), que se supunha, na visão de Brown, unir os princípios masculino e feminino num todo extático e revigorante.

Heréticos e Feiticeiras

Depois da época matriarcal ter sido suplantada, a dedicação ao feminino deve, segundo o próximo passo nesse enredo, entrar na clandestinidade.

Em termos de Cristianismo, Brown, usando a obra de vários escritores contemporâneos sobre as mulheres e o Cristianismo primitivo, sugere que havia uma ramificação do movimento de Jesus que era centrada na mulher. No cenário de Brown, é isso que vemos quando lemos os textos gnósticos que colocam Maria Madalena à frente e no centro.

Essas eram, entretanto, doutrinas muito afastadas da corrente principal do Cristianismo. Elas usavam a figura de Cristo e alguns de seus ensinamentos como um meio de expressar as idéias essencialmente gnósticas. Não tinham laços diretos com o testemunho cristão primitivo, nem, por outro lado, eram elementos de uma antiga tradição contínua centrada no "sagrado feminino".

Em *O Código Da Vinci*, é assim. Depois que o Cristianismo ortodoxo "venceu" em Nicéia, prossegue a narrativa, ele continuou a suprimir evidências de crenças pagãs (que se equiparam à devoção ao "sagrado feminino") ou a cooptá-las. Ele destruiu também maldosamente aqueles que insistiram em continuar no caminho antigo, particularmente as feiticeiras.

Cinco milhões, para ser mais específica.

Sim, você ouviu bem. Brown sustenta que essa hostilidade em relação às mulheres, efervescendo por séculos, finalmente veio à superfície enquanto a Igreja Católica executava cinco milhões de mulheres durante trezentos anos de caça às bruxas. (Brown não especificou quais foram esses séculos, mas podemos supor que ele se refere a 1500-1800, os anos comumente estudados como correspondendo ao período de caça às bruxas mais intenso na Europa.)

Você deve ter ouvido isso antes — é uma cifra que muitas vezes é encontrada nas discussões sobre os males da Igreja Católica via Internet. Mas, como tantas coisas nesse livro, está errado.

Charlotte Allen, em seu artigo na revista *Atlantic*, resume a mais recente pesquisa nesse assunto (que é considerável), dizendo que a maioria dos estudiosos estabelece que ocorreram cerca de quarenta mil execuções relacionadas com a feitiçaria durante esse período, algumas ordenadas por corporações católicas, outras por corporações protestantes, e a maioria por governantes. Cerca de vinte por cento das acusações de feitiçaria eram feitas, por acaso, contra homens.

"O mais abrangente e recente estudo sobre feitiçaria histórica é *Witches and Neighbors* (1996), de Robin Briggs, um historiador da Universidade de Oxford. Briggs refletiu sobre os documentos dos julgamentos europeus de feiticeiras e concluiu que a maioria deles ocorreu durante um período relativamente curto, 1550-1630, e ficaram largamente confinadas às atuais França, Suíça e Alemanha, que já estavam convulsionadas pelo turbilhão religioso e político da Reforma. As feiticeiras acusadas, longe de abranger um grande número de mulheres de mente independente, eram em sua maioria pobres e impopulares. Seus acusadores eram típicos cidadãos comuns (muitas vezes outras mulheres), e não clérigos ou autoridades seculares. De fato, as autoridades em geral não gostavam de julgamentos de casos de feitiçaria e absolviam mais da metade dos acusados. Briggs também descobriu que nenhum dos acusados de feitiçaria que foram considerados culpados e executados foi acusado especificamente pela prática de uma religião pagã" (Allen, "The Scholar and the Goddess", *Atlantic Monthly*, janeiro, 2001).

É trágico, evidentemente, e aos nossos olhos injusto, que qualquer homem ou mulher fosse executado por alguma dessas razões por quem quer que fosse. Na maior parte da história da humanidade, entretanto, a maioria das sociedades não protegeu a liberdade de pensamento, de religião e de expressão. Na verdade, o caso é exatamente o oposto. Muitas sociedades impuseram sérias restrições àquilo que seus membros pudessem dizer publicamente e à possibilidade de que pudessem incentivar outros a fazê-lo, e muitas vezes sustentavam essa convicção com punições severas aos infratores. Isso não foi inventado pela Igreja Católica ou Protestante. O que, evidentemente, não torna menos infeliz o fato de que, nesses períodos da história, as Igrejas cristãs não tenham sido testemunhas mais firmes do Evangelho.

> *Malleus Maleficarum* ("The Hammer of Witches") é um documento real? Sim, e embora importante, não era o manual universal para julgar feiticeiras, como alega Brown. Foi escrito por um dominicano, Heinrich Kramer, que declarou ter tomado como base sua experiência de julgamento em centenas de casos. De fato, os registros indicam que ele julgou somente oito mulheres e foi expulso pelo bispo da próxima cidade em que tentou trabalhar.

Não Estamos Nos Esquecendo de Alguém?

Em *O Código Da Vinci*, Brown insiste em afirmar que, durante os últimos dois mil anos, o Cristianismo tem sido virulentamente patriarcal, antifeminino e determinado a reprimir qualquer insinuação sobre o "sagrado feminino", onde quer que possa surgir.

Aparentemente, Brown nunca ouviu falar de Maria, a Mãe de Jesus.

Se quiser saber quão distantes as afirmações desse romance estão da verdade sobre o Cristianismo, reflita por um segundo sobre essa omissão óbvia e grotesca. E imagine o porquê. Só se pode concluir que, prestando um mínimo de atenção à tremenda importância de Maria no pensamento e expressão cristãos, isso eliminaria completamente a alegação de Brown de que Cristianismo ortodoxo vive morrendo de medo do "sagrado feminino"; por isso ele naturalmente pensou que o melhor seria fingir que isso nunca aconteceu.

Mas aconteceu. Como o estudioso Jaroslav Pelikan escreve: "... se pudéssemos ajudar milhões de silenciosas mulheres medievais a recuperar suas vozes, a evidência que temos daquelas relativamente poucas que realmente deixaram um registro escrito sugere que era com a figura de Maria que muitas delas se identificavam — com a sua humildade, sim, mas também com a sua rebeldia e com a sua vitória ... Por esse papel que tem desempenhado na história dos últimos vinte séculos, a Virgem Maria tem sido objeto de mais idéias e discussões sobre o que significa ser mulher do que qualquer outra mulher na história ocidental" (*Mary Through the Centuries*, p. 219).

Quando os seres humanos tentam entender e se relacionar com Deus, a mesma humanidade que torna a intimidade com Deus possível, porque os homens são feitos à sua imagem, também os limita. Nossa linguagem só nos permite dizer um tanto, a nossa idéia a respeito de Deus só pode ir até o ponto a que a nossa existência como criaturas investidas de espaço, tempo e experiência particulares no mundo pode nos levar.

Mas é dentro deste mesmo mundo, usando o mesmo material que Ele criou, que Deus graciosamente vem ao nosso encontro e se deixa conhecer.

> Teabing diz que as imagens da deusa Ísis amamentando Hórus foram um "esboço" para as imagens de Maria e Jesus. Quando se trata de mães e filhos, obviamente há algumas poses características que seriam comuns a qualquer iconografia, como é o caso aqui. Mas Teabing estabelece uma ligação causal: Venerar Maria é uma imitação do culto a Ísis. Não. No mundo romano, Ísis era fortemente associada com a promiscuidade, e a concepção "miraculosa" a que Teabing se refere aconteceu tanto pela reconstrução feita por Ísis de partes do corpo de seu marido morto como por magia. As duas têm muito pouco em comum (veja *The Cult of the Virgin Mary*, Michael P. Carroll, Princeton University Press, 1986, pp. 8-9).

O que os cristãos ao longo da história têm experimentado é que, ao mesmo tempo que Maria não é Deus, porque ela é a Mãe de Deus, por seu papel na nossa salvação — dizendo "sim" a Deus, o seu *fiat* —, a sua vida nos revela a lealdade de Deus, sua compaixão e, sim, a inteireza de seu amor, como é revelado através do amor de uma mãe.

A figura de Maria, a Mãe de Jesus, não é ambígua e é multifacetada. Alguns cristãos se sentem mesmo pouco à vontade com a consideração que é dada a Maria, sentindo que isso invade uma área de expressão e devoção que deveria ser reservada somente para Deus. O que, evidentemente, configura mais um argumento contra as afirmações de Brown sobre a tradição cristã.

Não importa o que você pensa sobre Maria ou sobre a devoção a ela, uma coisa que qualquer um de nós que tenha olhos para ver pode concordar é que ela tem desempenhado um papel vital, quase central, nas idéias, nas preces e na devoção cristãs por centenas de anos.

Brown mais uma vez está errado. O Cristianismo não reprimiu a consideração ao "sagrado feminino". Em Maria, o Cristianismo Católico e Ortodoxo de fato o celebrou e o incentivou. Alguns diriam até que o fez com exagero.

Ignorar isso é ignorar a verdade. Se é que a verdade importa.

Bibliografia Recomendada

Goddess Unmasked: The Rise of Neopagan Feminist Spirituality, de Philip Davis, Spence Publishers, 1998.

Mary Through the Ages: Her Place in the History of Culture, de Jaroslav Pelikan, Yale University Press, 1996.

Questões para Revisão

1. Qual é a evidência contra a teoria de que o mundo viveu uma era matriarcal que reverenciava o "sagrado feminino" como uma força divina exclusiva?

2. Qual o papel desempenhado por Maria, Mãe de Jesus, na espiritualidade cristã?

Questão para Discussão

1. Qual o papel que Maria, Mãe de Jesus, desempenha na sua espiritualidade?

sete
DEUSES ROUBADOS? O CRISTIANISMO E AS RELIGIÕES DOS MISTÉRIOS

Você já deve ter ouvido isso antes:

O tema do Cristianismo de um deus que morre e ressuscita, a iniciação pela água e o alimento sagrado não eram de maneira nenhuma exclusivos. Você vai encontrar mitos e práticas semelhantes em todo o Mediterrâneo nesse período. Podemos, então, concluir seguramente que o Cristianismo apenas copiou o seu Filho de Deus ressurreto, o batismo e a Eucaristia do que estava no ar, a fim de refazer o que originalmente não passava de uma doutrina filosófica e transformá-la numa nova, emocionante e atraente religião.

Que o lançaria aos leões.

De algum modo, os perpetradores dessa fábula sempre se esquecem dessa última parte.

Brown apresenta uma versão dela em *O Código Da Vinci*. É curta, confusa e não leva em consideração nenhuma evidência, mas ainda pode ser perturbadora se você a levar a sério. O que, é claro, você não deve fazer.

A Evidência

Em *O Código Da Vinci*, nosso estudioso de plantão Teabing alega que a doutrina sacramental, as práticas rituais e o simbolismo do Cristianismo como nós o conhecemos são o resultado de uma "transmigração", ou adaptação, pelos cristãos, de práticas e símbolos religiosos pagãos para seu próprio uso.

O primeiro problema na explanação de Brown é que ele associa tudo isso — imagens dos "discos solares egípcios" transformando-se em auréolas, de Ísis amamentando Hórus sendo adaptadas a imagens de Maria amamentando Jesus, o ato de "comer Deus" na comunhão — com Constantino (é claro).

Bem, Constantino não fez nada disso. Admitimos que o tratamento que Constantino deu ao Cristianismo e ao paganismo durante seu reinado foi, alguns até podem dizer, inconsistente; outros podem classificá-lo como adaptado. O deus Sol, por exemplo, ainda tinha um lugar de destaque na cunhagem de moedas em Roma, mesmo no período em que Constantino despejava dinheiro na construção de igrejas cristãs. Mas ele definitivamente não fez, como Brown declara, a fusão deliberada de "símbolos, datas, rituais pagãos com a tradição cristã em ascensão" (p. 249).

A questão permanece: mesmo que Constantino não tenha feito isso, muitos *sites* da Internet, e mesmo muitos livros sobre o assunto, levariam você a acreditar que existe uma relação suspeita entre as crenças e práticas cristãs e as "religiões dos mistérios" que floresceram no antigo Oriente Próximo durante os quatro primeiros séculos depois de Cristo.

O Cristianismo é um plágio?

O Mistério Sobre os Mistérios

Essas religiões voltadas aos mistérios das quais supostamente o Cristianismo roubou as práticas e as crenças foram grupos que floresceram por quase todo o antigo Oriente Próximo, devotados a diversos deuses, mas com alguns traços em comum.

Eles eram diferentes do culto aos deuses que era apoiado oficialmente e no qual se exigia o cumprimento público dos deveres da religião a fim de alcançar o favor divino. De fato, muitos estudiosos defenderiam que esses cultos dos mistérios floresceram porque a religião, oficialmente sancionada, deixava de satisfazer qualquer necessidade espiritual.

As religiões dos mistérios enfatizavam a salvação pessoal, a iluminação e a vida eterna por intermédio da união com o divino em atividades secretas de culto. Embora variadas, as religiões mais cheias de mistérios tendiam a se concentrar na união do iniciado aspirante ao divino por meio da encenação de eventos míticos, muitas vezes envolvendo uma divindade que morria e ressuscitava.

Há alguns pontos que queremos estabelecer aqui antes de abordar as especificidades.

> Teabing diz que os altares foram tirados "diretamente" das religiões de mistérios pelo Cristianismo. A verdade é que todas as antigas religiões usavam altares, feitos com rochas empilhadas, ou madeira ou pedras, para sacrifícios. Os cristãos pensaram na Eucaristia como sendo, em parte, uma lembrança e uma representação do sacrifício de Cristo. São encontradas referências a altares no Novo Testamento.

Em primeiro lugar, todas as vezes em que se pensa sobre as raízes do Cristianismo, o que é preciso considerar sempre, antes de quaisquer antigos ritos ou religiões pagãos, é o Judaísmo.

Jesus era judeu, e a grande maioria de seus seguidores durante as duas primeiras décadas depois de sua morte e ressurreição eram judeus. Os fundamentos da crença cristã sobre Jesus, e mesmo a prática cristã, foram firmados nessas duas primeiras décadas, como atestam as epístolas de Paulo, escritas entre os anos 50 e 60 d.C.

Você então está chocado com a tentativa de vincular o batismo cristão a rituais de purificação das religiões de mistérios? Lembre-se de que o ritual de purificação pela água e para convertidos era um elemento firmado da prática judaica no tempo de Jesus. Lembre-se do que João Batista, e não um seguidor de Mitra, fazia. Ele batizava.

E quanto à Eucaristia? Teabing a chama de "comer Deus" e sugere, mais uma vez, que isso não passava de uma cópia cristã de práticas do culto pagão. Essa afirmação, é claro, ignora completamente o fato de que, como lembram os primeiros cristãos, a Última Ceia era a refeição da Páscoa (segundo os Evangelhos Sinópticos. João a coloca na véspera da Páscoa). Era essa Última Ceia que eles reencenavam em suas celebrações eucarísticas, um ato que era descrito em termos bem judaicos — nova aliança, sacrifício e assim por diante.

O segundo ponto a ser lembrado é que a maioria das evidências que temos das práticas das religiões de mistérios data do século 3 ao século 5 e, o que é mais importante, dificilmente tem sido encontrada alguma evidência arqueológica indicando a existência de cultos dos mistérios no *século 1 na Palestina*, o local de nascimento do Cristianismo.

Assim, se você for confrontado com essas afirmações, vá em outra direção. Alguém lhe disse que os cristãos simplesmente adaptaram a Eucaristia das refeições comunais pagãs? Realmente? Quais são as evidências da relação de causa e efeito? Não aceite nada menos do que textos e objetos que claramente se ajustem às limitações temporais e geográficas existentes.

O mais provável é que eles não serão capazes de encontrar nenhuma.

O Deus Sol

Brown envolveu o Imperador Constantino nesse processo de "transformação como por encanto" ao dizer que, divinizando Jesus, Constantino simplesmente tomou um culto ao Sol já estabelecido e o refez em culto ao Filho, e então você tem: um Filho de Deus onde antes havia aquele simples "mestre mortal".

Como vimos, o Imperador Constantino não inventou a idéia da divindade de Jesus. Os cristãos descreveram e cultuaram Jesus como o Senhor desde o primeiro século. O que é verdade, entretanto, é que durante o reinado de Constantino a expressão religiosa oficial realmente reverenciou, em diversos períodos, tanto o deus Sol quanto o Filho de Deus cristão.

Em 274 d.C., o Imperador Aureliano tinha elevado o culto ao deus Sol a novas alturas, aclamando a divindade como "Senhor do Império Romano" e construindo em Roma um templo enorme em sua honra (veja W.H.C. Frend, *The Rise of Christianity*, p. 440). Nas décadas seguintes, o culto a essa divindade continuava, os cristãos eram perseguidos, algumas vezes duramente, até que Constantino solidificou o seu poder sobre a metade ocidental do Império em 312.

Brown, em seu guisado de meandros mitológicos, põe outra divindade pagã no mexido ao lado do deus Sol. Teabing deduz que o deus pagão Mitra foi o modelo para as crenças cristãs sobre Jesus, alegando que ele carregava títulos semelhantes e "foi enterrado num sepulcro de pedra e depois ressuscitou em três dias" (*OCDV*, p. 249).

Mitra era um deus com muitas formas. Nos séculos que se seguiram a Cristo, seu culto foi antes de tudo uma religião de mistérios, popular entre os homens, especialmente entre os soldados. Os estudos mitríacos não acharam *nenhuma* atribuição dos títulos "Filho de Deus" ou "Luz do Mundo" a esse deus, como alega Brown. Também não há menção do tema morte-ressurreição na mitologia mitríaca. Brown parece ter tirado isso de um desacreditado historiador do século 19, que não forneceu nenhuma documentação que comprovasse essa afirmação. Esse mesmo historiador é a fonte para a ligação com Krishna mencionada por

Brown. Não há uma única história na verdadeira mitologia hindu que relate o fato de Krishna, ao nascer, ter sido presenteado com ouro, incenso e mirra (veja Miesel e Olsen, *Cracking the Anti-Catholic Code*).

Constantino, como todas as pessoas de seu tempo, acreditava que seu sucesso podia ser atribuído aos poderes divinos. Apenas não está claro, na maior parte de seu reinado, até que ponto ele fazia uma distinção precisa entre o deus Sol e o Deus Único do Cristianismo. De acordo com o historiador W.H.C. Frend, durante o período em que Constantino estava firmando seu papel e estabilizando o Império: "... ele nunca abandonou sua devoção ao deus Sol, mesmo que se visse como um servo do Deus cristão" (p. 484).

Perto do fim da vida, entretanto, parece que ele fez sua escolha e foi batizado (não sob pressão, como afirma Brown) antes de morrer em 337 d.C. Nesse período, não era fora do comum para aqueles que desejavam tornar-se cristãos esperar até quase a hora da morte para serem batizados, especialmente aqueles que ocupavam posições cujo exercício podia envolver alguém em pecado, como tirar a vida de outra pessoa. O pecado pós-batismal era encarado muito seriamente naquele tempo, e a pena para pecados graves incluía algo que se aproxima da excomunhão da comunidade cristã.

Brown repete duas afirmações específicas relacionadas com o Cristianismo e com o deus Sol. Primeiro, ele alega que a escolha de 25 de dezembro como a data do nascimento de Cristo foi feita de modo a suplantar a celebração pagã do nascimento do deus Sol, uma comemoração instituída por Aureliano.

Não existe evidência de qualquer ligação proposital, especialmente porque não há registro de Constantino ter sido o responsável pela celebração do nascimento de Jesus em 25 de dezembro. A primeira menção a isso, nós achamos, é a comemoração em Constantinopla em 379 ou 380 d.C., a partir da qual ela se espalhou gradualmente pela Igreja Oriental. Há, além disso, outras evidências que sugerem, como faz o historiador William Tighe, que a escolha de 25 de dezembro como data do nascimento de Cristo pode realmente estar ligada a outros fatores estruturais do Cristianismo.

> Uma mitra é um chapéu com formato de escudo usado pelos bispos na Igreja Ocidental. Teabing diz que foi adotada das religiões de mistérios, mas as mitras não foram usadas até o século 11. No Oriente, região mais próxima dos cultos ao mistério, os bispos usam coroas.

Por volta do século 2, os cristãos do Ocidente haviam estabelecido o dia 25 de março como a data em que Jesus foi crucificado. Usando uma velha tradição judaica pela qual os grandes profetas morrem no mesmo dia em que nasceram ou foram concebidos, no Ocidente, 25 de março foi considerado também como o dia em que Jesus foi concebido pelo Espírito Santo no útero de Maria (ainda hoje celebrado como o dia da Anunciação). Contando nove meses à frente, chegamos ao dia 25 de dezembro.

Não temos certeza absoluta, mas é certo que não há evidência que ligue diretamente a festa de Aureliano ao Natal, que foi comemorado pela primeira vez um século mais tarde, depois que o Cristianismo se tornara a religião oficial do Império Romano.

E Quanto ao Domingo?

Brown alega levianamente, por intermédio de Teabing, que Constantino simplesmente passou o dia cristão de repouso e culto do sábado para o domingo.

Isso é bobagem. Temos evidências claras de que o domingo era especial para os cristãos desde o século 1. Eles não o chamavam assim, é claro. No Apocalipse, escrito perto do fim do século 1, ele é chamado de "o dia do Senhor" (1:10), e mais adiante é chamado de "Primeiro Dia", ou mesmo de "Oitavo Dia", este último referindo-se a ele como o oitavo dia da criação de Deus.

Em meados do século 2, o costume cristão de se reunir aos domingos para a Eucaristia, já relatado nos Atos dos Apóstolos (veja 20:7), estava firmemente estabelecido. O Mártir Justino, escrevendo de Roma nessa época, descreve detalhadamente a congregação eucarística semanal nesse dia (veja *Primeira Apologia*).

Assim, é claro, Constantino não passou o culto cristão do sábado para o domingo. Naquela altura, os cristãos já vinham realizando seus cultos aos domingos havia séculos. O que ele realmente *fez* foi fazer da semana de sete dias, conhecida e usada em alguns lugares, a base para o calendário, e então separou o domingo como o dia do descanso para todo o Império. O tempo antes disso era marcado oficialmente usando-se três dias principais no mês para servir como pontos de referência: *kalends* (primeiro); *nones* (sétimo) e, é claro, *ides* (décimo quinto).

Até esse momento, os judeus e alguns pagãos que cultuavam Saturno consideravam o sábado como dia de descanso, mas Constantino institucionalizou o domingo para esse propósito no calendário romano oficial. Isso agradou de algum modo os cris-

As auréolas eram usadas na arte antiga para distinguir deuses e mesmo o imperador. Elas apareceram na arte cristã nos séculos 3 e 4, a princípio somente em volta da figura de Cristo, uma escolha natural para um símbolo, considerando a associação de Cristo com a luz. Trata-se de um símbolo, como uma cruz, com nenhuma ligação obrigatória com qualquer doutrina de alguma crença em particular.

tãos, é claro, mas seu prazer de certa forma foi diminuído pelo nome que Constantino deu ao dia: *dies Solis.*

Certamente por isso, percebemos que o Imperador Constantino, no intento de unificar o Império e consolidar seu poder, parece ter embolado um pouco em termos de religião. Ele fez uso de símbolos quando era útil e garantia seus movimentos, pelo menos durante a primeira década, mais ou menos, do seu reinado, depois do que ele trilhou seu caminho para o Cristianismo um pouco mais em linha reta.

Sabemos entretanto que, realmente, o que Brown diz não é verdade: não foi Constantino quem estabeleceu que o Natal seria em 25 de dezembro, e não foi ele quem fez os cristãos trocarem seu dia de culto do sábado para o domingo.

A Questão Mais Profunda

Brown gostaria de nos fazer acreditar que a integridade de doutrinas, crenças e símbolos religiosos depende de sua completa independência de outras doutrinas, crenças e símbolos, do início ao fim.

Simplesmente não é assim que funcionam as doutrinas religiosas humanas. Há certos aspectos da vida que todos nós dividimos, e todos eles parecem ter uma capacidade intrínseca de significado que evoca o transcendental.

No nascimento e na morte, confrontamos o mistério e o milagre da existência e a esperança por algo mais.

Na água e no óleo, encontramos a limpeza, e ela nos traz à mente a nossa própria necessidade de purificação.

Ao compartilharmos uma refeição, encontramos alimento e espírito comunitário.

Há tantas palavras, tanto "material" na vida humana, que temos de nos servir de símbolos para tornar presentes as verdades que nos são reveladas.

O fato de que outras religiões tenham cerimônias de purificação e rituais ligados à comida não diz nada quanto à verdade ou à validade das práticas cristãs. Não há evidência que sugira, como faz Brown, uma adaptação direta dos fundamentos do pensamento cristão e de suas práticas às religiões pagãs de mistérios. As raízes do Cristianismo estão no Judaísmo. Como o Cristianismo é abraçado e vivido por seres humanos que vivem em sociedade e cultura humanas, a expressão de fé tende a ser dinâmica, abrangendo uma linguagem e um simbolismo que tornam essas crenças mais compreensíveis. Essa dinâmica intensifica e aprofunda o entendimento e a experiência da nossa fé.

Trata-se apenas de bom senso. Esse é o modo como funciona o mundo e, os cristãos acreditam, o modo de Deus funcionar dentro deste mundo.

Bibliografia Recomendada

The Early Church, de Henry Chadwick, Penguin Books, 1967.
The Rise of Christianity, de W.H.C. Frend, Fortress Press, 1984.
Calendar: Humanity Epic Struggle to Determine a True and Accurate Year, de David Ewing Duncan, Avon Books, 1998.

Questões para Revisão

1. O que eram as religiões de mistérios?
2. O que as evidências sugerem sobre o relacionamento entre símbolos e crenças cristãos e símbolos e crenças pagãos descritos em *O Código Da Vinci*?

Questões para Discussão

1. Quais as medidas concretas que você pode tomar para melhorar o seu conhecimento das raízes judaicas da fé cristã?
2. Você consegue pensar em celebrações paralelas às do batismo e da Ceia do Senhor no Velho Testamento?

oito
ELE APREENDEU LEONARDO DA VINCI CORRETAMENTE?

Não, certamente, não.
Se quiser saber até que ponto Brown está errado em relação a Leonardo da Vinci, você precisa considerar alguma coisa muito simples: o nome do artista.

Começando pelo título e continuando pelo romance, Brown e todas as suas personagens especialistas referem-se ao artista como "Da Vinci".

Sabe de uma coisa? *Esse não era o nome dele.*

Em nenhum lugar da literatura histórica ou educacional ele é mencionado desse modo.

Seu nome era "Leonardo", e ele nasceu, filho ilegítimo de um certo Piero da Vinci, em 1452, na cidade de Vinci, que não fica longe de Florença. Assim, obviamente, "da Vinci" significa "de Vinci".

Alguém que se declara *expert* em arte e que se refere o tempo todo a ele como "Da Vinci" tem tanta credibilidade quanto um pretenso especialista em religião que chama Jesus "de Nazaré".

Escolha qualquer livro de arte e você vai ler a respeito de Leonardo, não de "Da Vinci". Vá a uma biblioteca e procure por uma biografia do artista. Não irá encontrá-la na letra "D" ou "V". Vai encontrá-la na letra "L" de Leonardo, porque era esse o nome dele.

Assim, talvez você possa concordar com isto: um autor que não consegue apresentar corretamente nem o nome da figura histórica central de seu livro não merece que confiemos nele para nos ensinar história. Ele pode nos entreter de outras formas, mas, por favor, não deixemos nem por um segundo que *O Código Da Vinci* forme nossas idéias sobre história, religião ou mesmo sobre arte.

Quem Era Leonardo?

Leornardo é, evidentemente, uma das mais intrigantes figuras intelectuais da história ocidental. O corpo de sua obra e do seu pensamento forneceria assunto para muitos romances, mas o verdadeiro Leonardo, como o conhecemos, tem pouca semelhança com a maneira como Brown o apresenta.

Ele declara que Leonardo era um "homossexual assumido e adorador da ordem divina da Natureza, ambas características que o colocavam num estado perpétuo de pecado" (*OCDV*, p. 54).

Segundo Brown, Leonardo tinha uma "produção de estupendas obras de arte cristã", centenas de encomendas do Vaticano, embora estivesse em constante conflito com a Igreja (veja *OCDV*, p. 55).

Na realidade, o único conflito perpétuo com "a Igreja" que Leonardo tinha era ligado à sua tendência de deixar inacabada a obra para a qual tinha sido contratado. Mas isso já é um outro assunto.

O retrato genérico que *O Código Da Vinci* nos passa de Leonardo é o de um gênio desafiador, atormentado pela sua rejeição do Cristianismo, trabalhando essa rejeição numa enorme profusão de trabalhos. (Oh, e também o de um grão-mestre do Priorado de Sião, uma organização, como veremos no próximo capítulo, que provavelmente nunca existiu, especialmente na forma e pelas razões que Brown sugere.)

Esse retrato não capta muito o que Leonardo realmente foi, especialmente no contexto de sua época.

Vamos abordar primeiro o material de tablóide. Leonardo era um "homossexual assumido"? Não há evidências disso. Em 1476, ele foi, junto com mais três homens, acusado de sodomia com um conhecido prostituto em Florença. As acusações não foram aceitas.

Essa é a única menção de uma possível atividade homossexual — ou de qualquer atividade sexual — relacionada com Leonardo em qualquer fonte primária relativa à sua vida, incluindo os seus volumosos cadernos. Como Sherwin B. Nuland escreve em sua biografia de Leonardo, *Leonardo da Vinci*:

"O episódio é a única sugestão de atividade sexual de Leonardo, e aqueles que foram os mais cuidadosos estudantes de sua vida pretendem que isso nunca aconteceu" (p. 31).

Ou, como o historiador de arte Bruce Boucher diz, escrevendo no *The New York Times* em 2003: "... apesar da acusação de sodomia contra ele quando era jovem, a evidência de sua orientação sexual permanece inconclusa e fragmentária".

Agora, com relação à produção de estupendas obras de arte cristã... Aqui, talvez, Brown tenha acesso a alguma informação secreta, porque o que sobreviveu, mesmo em esboços preliminares, redunda, na melhor das hipóteses, em uns vinte e quatro quadros com temas cristãos. E certamente não havia "centenas de encomendas do Vaticano". Leonardo trabalhou sob a proteção de apenas um Papa, Leão X, perto do fim de sua vida, e passou o tempo ocupado com experimentos científicos.

Na verdade, quando observamos a obra de Leonardo em termos de quantidade, não são os quadros que se destacam; são centenas de desenhos, projetos de engenharia e arquitetura, experimentos científicos e invenções. Para caracterizar Leonardo como uma figura empenhada primordialmente em produzir quadros de temas cristãos com mensagens anticristãs em código é ridículo, antes de tudo porque quadros sobre temas cristãos não parecem ser o enfoque da sua obra.

Leonardo: Herético?

Em *O Código Da Vinci*, Leonardo é apresentado como uma espécie de um espírito radical que alegremente torce o nariz para a tradição cristã no modo subversivo com que usa os símbolos na sua arte. Antes de se decidir a ficar chocado e intrigado com isso, é melhor colocar as crenças espirituais de Leonardo em perspectiva.

Leonardo da Vinci viveu na Itália e (por pouco tempo) na França durante o período da Renascença. "Renascença" significa "renascimento" e se refere não ao renascimento da cultura em geral, como muitos acreditam, mas mais especificamente ao renascimento da cultura *clássica* — a filosofia, a literatura, a arte e a sensibilidade em geral da Grécia antiga e de Roma. Uma das conseqüências das Cruzadas — as guerras contínuas entre o Ocidente cristão e o agressivo Oriente muçulmano — foi a redescoberta dessas obras, à medida que os cruzados carregaram de volta de suas viagens os manuscritos e as obras de arte que tinham saqueado do Oriente, onde tinham sido conservados.

Leonardo viveu num período de atividade intelectual brilhante e vibrante, voltada para o mundo natural e para a vida dos seres humanos nesse mundo natural, enriquecida pelos encontros com a cultura grega e romana. Você deve presumir, portanto, que essa atividade necessariamente se colocava em oposição à Igreja Cristã, mas não era isso que acontecia. A Igreja ainda era o local principal da atividade intelectual desse período, todas as universidades eram patrocinadas pela Igreja, e muitos dos intelectuais que pesquisavam a cultura clássica em seu contexto contemporâneo eram, na verdade, clérigos — padres, monges e até bispos.

Leonardo nasceu e viveu numa cultura ainda definida por uma estrutura cristã católica, mas fica claro pelos seus cadernos que ele não era, de jeito nenhum, um adepto das práticas tradicionais católicas. Entretanto, ele realmente escreveu sobre Deus e mesmo sobre Cristo. Serge Bramly escreve em sua biografia sobre Leonardo, *Leonardo: The Artist and the Man*:

"Ele acreditava em Deus — não talvez um verdadeiro Deus cristão ... Ele descobriu esse Deus na maravilhosa beleza da luz, no movimento harmonioso dos planetas, na intrincada disposição dos músculos e nervos dentro do corpo e na inexprimível obra-prima da alma humana ... Leonardo não era provavelmente um devoto praticante; ou praticava a seu próprio modo. Sua arte permaneceu essencialmente religiosa do começo ao fim. Mesmo numa obra profana [não-religiosa], Leonardo estava celebrando a sublime criação do Altíssimo, que ele almejava entender e refletir" (p. 281).

Leonardo era, entretanto, seriamente anticlerical. Ele criticava a riqueza de alguns clérigos, a exploração dos crédulos e o temor dos crentes, tanto quanto a venda das indulgências e a honra rebuscada devotada aos santos.

Vivendo no período exatamente anterior à explosão da Reforma na Europa (Martinho Lutero pregou suas *95 Teses* na porta da igreja de Wittenberg em 1517, dois anos antes da morte de Leonardo), ele expressava pensamentos que eram muito corriqueiros, especialmente em círculos intelectuais, e mesmo entre os católicos mais praticantes e piedosos que estavam descontentes com os excessos visíveis no modo de vida dos líderes da Igreja.

Assim, Leonardo, embora notável e único em sua genialidade, não era realmente tão radical em suas crenças espirituais como Brown gostaria que você pensasse. De certa forma, ele era muito mais um homem do seu tempo: aberto para explorar o mundo do modo que fosse capaz, usando o mundo natural e a experiência humana como um começo e um ponto de referência para sua exploração; um crente em Deus e, parece, em Cristo, mas profundamente anticlerical, e que desdenhava os excessos cometidos em nome da piedade e da religião.

Agora, vamos tratar daqueles quadros.

A Madona das Rochas

Em *O Código Da Vinci*, há duas versões para *A Madona das Rochas*, uma no Louvre e outra na National Gallery em Londres, que supostamente conta a história da intenção de Leonardo de comunicar os segredos anticristãos.

Bem, um simples exame dos quadros em questão mostra o quanto a alegação de Brown está errada.

Leonardo recebeu primeiramente a encomenda para pintar esse quadro como parte de um tríptico para a capela de um grupo chamado Confraria da Imaculada Conceição. Brown declara que essa irmandade era formada por um grupo de freiras.

Não. Uma "confraria", particularmente nessa época, era um grupo de homens que se organizava com um objetivo, nesse caso para promover a crença na Imaculada Concepção de Maria (o ensinamento de que Deus havia preservado Maria do pecado original desde o começo da sua vida). Freiras são mulheres, não homens.

A confraria deu instruções detalhadas para o que eles queriam: Maria no centro, com roupas em dourado, azul e verde, ladeada por dois profetas, com o Deus Pai acima da cabeça, o Filho numa plataforma dourada (veja Bramly, p. 184). (Observe que esse não é de jeito nenhum o que Brown fala a respeito do contrato na página 148.) A encomenda foi feita em 1483, mas durante os vinte e cinco anos seguintes, mais ou menos, Leonardo e a confraria travaram uma prolongada batalha com relação ao quadro.

A batalha não parece ter nada a ver com os detalhes que Brown menciona, embora seja evidente que o estilo mais naturalista de Leonardo não iria incorporar os aspectos que a confraria desejava. Não, embora os detalhes sejam de certo modo misteriosos, o conflito parece estar mais ligado ao pagamento — Leonardo pedia repetidamente mais dinheiro, o que a confraria não estava disposta a dar.

E por que há duas versões? Parece que, a certa altura, o original foi doado. Alguns dizem que o governante de Milão, Ludovico Sforza, deu-o ou ao rei francês ou ao imperador alemão — e essa é a versão que está no Louvre. A segunda versão, que está em Londres, foi retirada diretamente da capela que não existe mais.

Vamos ver o que há de tão chocante em relação a esses quadros, segundo Brown. Ele alega que nele João Batista está abençoando Jesus, em vez de ser o inverso, que seria o esperado.

Bem, esta é a verdade: Em ambas as versões, Jesus está abençoando João Batista.

O que evidentemente engana Brown é que, nesses quadros, João Batista está perto de Maria e ela está com um braço em volta dele. Mas não há nenhum especialista em arte que julgue que o bebê ajoelhado ali, com os dedos enlaçados, não seja João Batista. É uma disposição fora do comum mas, como fica duplamente claro na versão de Londres, em que João veste a pele de um animalzinho e segura o cajado que sempre está associado a ele na iconografia, é João que está sendo abençoado.

E quanto ao resto do quadro no Louvre? A mão de Maria pairando sobre Jesus é certamente um tanto misteriosa, mas parece carregar um sentido de proteção. A mão do anjo não é ameaçadora — está apontando para João Batista, como o profeta a quem devemos ouvir.

Trata-se de um quadro fora do comum, particularmente dada a encomenda. Sua relação com a Imaculada Concepção certamente deve ter ficado obscura para seus clientes. Entretanto, como Bramly salienta, é muito possível ver uma relação:

"A Imaculada Concepção, Leonardo parece estar dizendo, pavimenta o terreno para o caminho da agonia da cruz..." (p. 190).

Brown então identifica erroneamente os clientes de Leonardo e inverte a identidade das principais figuras do quadro, confundindo a natureza do conflito e interpretando mal o quadro.

A Adoração dos Magos

Nosso herói Langdon a certa altura tenta explicar as controvertidas mensagens misteriosas que Leonardo teria inserido em sua arte referindo-se a *A Adoração dos Magos*, na Galeria Uffizi, em Florença. Ele cita uma história publicada no *New York Times Magazine* (uma referência autêntica — 21 de abril de 2001 foi a data de sua publicação) que esclarece a obra de Maurizio Seracini, um historiador ligado à arte que supostamente tinha descoberto imensos segredos escondidos na obra.

A Adoração dos Magos é o esboço de um quadro encomendado por um mosteiro de Florença. O desenho é, como muitos estudiosos acreditam, o mais longe a que chegou Leonardo na pintura do quadro, antes de mudar-se para Milão. Existe uma camada de tinta sobre o desenho que, alega Seracini, esconde o que Leonardo desenhou originalmente. Houve um enorme conflito com relação a remover ou não essa camada superior, como Brown diz.

Entretanto, ele está completamente errado quanto ao motivo. O conflito não foi provocado por nada que pudesse ser revelado no desenho — os proprietários de museus, na amplamente secularizada Itália, não têm muito medo de sentimentos potencialmente anti-religiosos ou heréticos na arte. Não, a controvérsia surgiu de uma divisão mais fundamental na arte entre aqueles que se dedicam a restaurar as obras de arte, devolvendo-as ao seu estado original, e aqueles que se opõem a eles.

Nesse caso, assim que os planos de restauração — a remoção da camada superior — foram anunciados, muitas pessoas ligadas à arte no mundo, lideradas por um grupo chamado Art Watch International, lançaram protestos veementes. Disseram que a obra era muito frágil para uma restauração desse tipo, não havia nenhuma prova de que não tivesse sido o próprio Leonardo quem tivesse pintado essa camada, e não era uma tentativa de falseá-lo, mas uma camada preparatória sobre a qual o restante da pintura seria feito. A disputa gira em torno da hipótese de que a camada preparatória não pode ter sido feita pela mão de Leonardo.

Em resumo, o grupo Art Watch alegou que a restauração poderia danificar a obra em inúmeros níveis. E venceu, e os planos para a restauração foram suspensos em 2002, mas não pelas razões que Brown sugere (veja www.artwatchinternational.org para mais informações).

A Mona Lisa

Em *O Código Da Vinci*, Langdon recorda uma palestra que deu para presos em que explica a *Mona Lisa* em termos de androginia: que o quadro, como demonstra uma análise computadorizada, tem pontos de concordância com os auto-retratos de Leonardo, é uma pintura propositalmente andrógina de uma figura masculino-feminina, refletindo o ideal de Leonardo de equilíbrio entre o masculino e o feminino. Até mesmo o nome "Mona Lisa" é um anagrama dos nomes de divindades egípcias da fertilidade: Amon (masculino) e Ísis (feminino).

Temos várias questões a discutir aqui:

A identidade da pessoa retratada no quadro *Mona Lisa*, também chamado de "*La Gioconda*", pintado entre 1503 e 1505, é certamente misteriosa. Há dezenas de teorias, nenhuma delas realmente provável. Uma delas, a mais antiga, de fato, é que esse quadro retrata uma mulher de verdade, Monna (ou Mona) Lisa, a mulher de um florentino chamado Francesco del Giocondo.

Não há, segundo o especialista em história da arte Bruce Boucher no *New York Times*, "nenhuma imagem definitivamente comprovada de Leonardo", para que alguém possa comparar com esse quadro, e Bramly chama a teoria do auto-retrato de "a mais forçada" (p. 369).

Amon (ou Ammon ou Amun) era o deus egípcio do Sol que, apesar de sua representação algumas vezes ser sugestivamente fálica, não era associado particularmente com a fertilidade. Se ele é associado a alguma divindade feminina não é a Ísis, mas a Muth.

Além disso, qualquer relação entre nomes de deuses egípcios, Leonardo e seus quadros pode ser imediata e facilmente descartada quando se sabe uma coisa bem simples: Leonardo não deu nome ao quadro. Ele nem ao menos o mencionou em qualquer de seus cadernos, embora não haja dúvida de que a obra seja dele. O retrato é identificado como *Mona Lisa* pelo primeiro biógrafo de Leonardo, Giorgio Visari, umas três décadas depois da morte de Leonardo. É dele a única referência que encontramos da identificação do retrato como *"Mona Lisa"*; o título não é mencionado em nenhum lugar pelo próprio Leonardo. Assim, como ele poderia estar comunicando alguma coisa por meio do título se ele mesmo, aparentemente, não tinha nada a ver com ele? (veja Bramly, p. 368)

A Última Ceia

Aqui, finalmente, chegamos ao âmago da questão. *A Última Ceia* está cheia de códigos apontando para Jesus e Maria Madalena casados e um enraivecido Pedro?

Brown alega que nesse quadro Leonardo comunica seu conhecimento a respeito do casamento de Jesus e Maria Madalena, o fato de que ela deveria ser a líder da Igreja dele, que Pedro não aprovava isso e que ela era, na verdade, o Santo Graal.

Por quê? Porque a figura conhecida como João é, na verdade, Maria. A posição de Jesus e Maria forma um "M", uma mão desprovida de corpo, supostamente de Pedro, brande uma faca, e não há nenhum cálice. Por isso, o cálice deve ser Maria.

Primeiro, vamos dar alguns antecedentes. *A Última Ceia* foi pintada na parede de um refeitório (sala de jantar) em um mosteiro em Milão. Não é, como diz Brown, um afresco. Um afresco é uma pintura executada com pigmentos à base de água sobre um reboco de cal, que então "captura" a pintura enquanto ela seca e produz cores fortes e um efeito duradouro. Leonardo trabalhava muito lentamente para usar afresco e queria tentar alguma coisa diferente; assim, ele pôs uma base fina na parede de pedra e usou têmpera sobre isso. Foi uma escolha infeliz, porque, poucos anos depois de o mural estar pronto, a pintura começou a desbotar e descascar.

Para entender apropriadamente o quadro, é importante ver que não se trata apenas da representação da Última Ceia em geral. Ele trata de um momento específico, baseado numa passagem especial das Escrituras.

Quando pensamos na Última Ceia, naturalmente nós a associamos com a Instituição da Eucaristia. Brown joga com essa expectativa, chamando a atenção para o fato de não haver um cálice ou um pedaço de pão em destaque no quadro. A ausência do cálice, diz ele, implica que Maria é o verdadeiro Graal, e assim por diante.

O problema com isso é que o tema principal desse quadro não é o momento da Instituição da Eucaristia. Em vez disso, trata do momento em que Jesus anuncia que alguém vai traí-lo, como está descrito especificamente no Evangelho de João 13:21-24:

"Tendo Jesus dito isso, turbou-se em espírito, e afirmou, dizendo: 'Na verdade, na verdade vos digo que um de vós me há de trair.' Então os discípulos olhavam uns para os outros, duvidando de quem ele falava. Ora um de seus discípulos, aquele a quem Jesus amava, estava reclinado no seio de Jesus. Então Simão Pedro fez sinal a este, para que perguntasse quem era aquele de quem ele falava. E, inclinando-se ele sobre o peito de Jesus, disse-lhe: 'Senhor, quem é?'"

Leonardo teve a intenção de que cada uma das figuras expressasse uma reação particular ao anúncio de que haveria uma traição. É um momento surpreendentemente dramático, com os apóstolos todos inclinando-se na direção oposta à de Jesus, deixando-o, de certo modo, isolado (como fariam mais tarde), falando uns com os outros, imaginando quem poderia ser o traidor, e incluindo a imagem de Pedro falando com João. Mas não se trata da Instituição da Eucaristia, porque o Evangelho de João, diferentemente dos Evangelhos Sinópticos, não contém uma referência direta à Instituição da Eucaristia; assim, não há necessidade de nenhum cálice nessa representação em particular.

Será que a figura que todos imaginam ser a de João talvez seja na verdade Maria?

Não, durante esse período São João foi representado invariavelmente como um bonito rapaz. Ele pode parecer feminino para nós, mas para as pessoas daquela época, ele era evidentemente um homem, sentado, como São João sempre esteve nas representações dessa cena, ao lado de Jesus.

> Por que não há o relato da instituição da Eucaristia em João? Muitos estudiosos crêem que no tempo em que o Evangelho estava sendo escrito, no final do século I, havia um sentimento cristão de que os detalhes dos seus rituais mais sagrados só deveriam ser conhecidos aos completamente iniciados. É por isso que, por exemplo, não eram reveladas as palavras do Pai-Nosso aos primeiros cristãos convertidos até uma ou duas semanas antes do batismo, e certamente não participavam da liturgia inteira até serem iniciados. Admite-se que o Evangelho de João expresse esse costume.

A especialista em história da arte Elizabeth Levy nos ajuda a entender isso mais profundamente:

"Brown capitaliza sobre a representação feita por Leonardo de um João com traços delicados e sem barba, para oferecer essa alegação fantástica de que estamos lidando com uma mulher. Evidentemente, se São João fosse realmente Maria Madalena, poderíamos muito bem perguntar qual dos apóstolos ficou de fora no momento crítico. O problema real vem da nossa falta de familiaridade com "tipos". Em seu *Tratado sobre Pintura*, Leonardo explica que cada figura devia ser pintada de acordo com sua posição social e idade. Um homem sábio tem determinadas características, e uma velha, outras, e as crianças, outras ainda. Um tipo clássico, comum a muitos quadros da Renascença, é o "estudante". Um seguidor favorito, um protegido ou um discípulo é sempre retratado como muito jovem, de cabelos longos e rosto bem barbeado; transmitindo a idéia de que ele ainda não está maduro a ponto de precisar descobrir o seu próprio caminho. Por toda a Renascença, os artistas retrataram São João dessa forma. Ele é o "discípulo amado de Jesus" — o único que vai estar aos pés da cruz. Ele é o estudante ideal. Para o artista renascentista, o único modo de mostrar São João era um jovem sem barba, sem sombra da dureza e determinação fisionômica dos homens. A *Última Ceia* de Ghirlandaio e Andrea del Castagno mostra um João semelhante em sua suavidade e juventude" (de um artigo em www.zenit.org). Como o especialista em história da arte Bruce Boucher observa num artigo datado de 3 de agosto de 2003, no *New York Times*, a misteriosa mão desprovida de corpo que Brown afirma estar ameaçando Maria/João tem também uma explicação:

"... além do que, essa mão não é desprovida de corpo. Tanto um esboço preliminar feito por Leonardo quanto as primeiras cópias de *A Última Ceia* mostram que a mão e o punhal pertencem a Pedro — uma referência a uma passagem no Evangelho de São João em que Pedro brande uma espada em defesa de Jesus".

Portanto, sim, *A Última Ceia* é um quadro evocativo, rico de possibilidades para examinar, por exemplo, as nossas próprias reações a Jesus conforme analisamos as diversas reações dos apóstolos a ele. Mas não quer dizer nada daquilo que Brown sugere que ele faz. As evidências simplesmente não estão ali.

E não se esqueça — é Leonardo.

Bibliografia Recomendada

Leonardo da Vinci, de Sherwin B. Nuland, Viking Press, 2000.

Leonardo: The Artist and the Man, de Serge Bramly, Penguin Books, 1995.

Inventing Leonardo, de Richard Turner, Knopf, 1993.

Questões para Revisão

1. Que tipo de pessoa era Leonardo? Qual era o enfoque de sua obra?
2. Qual é o significado e o simbolismo de *A Última Ceia*?

Questões para Discussão

1. Como a arte pode ajudar uma pessoa a meditar sobre a vida de Cristo?
2. O que a arte nos ensina a respeito de como a mensagem do Evangelho tem sobrevivido em diferentes épocas?

nove
O GRAAL, O PRIORADO E OS CAVALEIROS TEMPLÁRIOS

A história da imagem do Santo Graal é ambígua e misteriosa, facilmente conduzindo à mitologia, à fantasia e ao romance. Ela desempenhou papel importante no campo da lenda (as lendas do Rei Artur), da poesia (*Os Idílios do Rei*, de Alfred Lord Tennyson) e, é claro, da ópera (*Parsifal* e *Lohengrin*, de Richard Wagner).

Assim, olhando dessa perspectiva, não se pode acusar Brown por ter recolhido as teorias de *Holy Blood, Holy Grail* e *The Templar Revelation* e por tê-las usado num romance. Isso pode ofender algumas pessoas, mas o fato de usar a imagem desse modo é coerente com o uso que foi feito dela ao longo da história.

Entretanto, ainda é válido discutir a respeito porque a conseqüência de *O Código Da Vinci* é cruzar a linha entre a ficção óbvia e o fato possível. A cada página, ele atira aos leitores evidências que parecem verossímeis, e ficamos imaginando se ele está certo.

Há algum tipo de tradição sólida em que Maria Madalena e seu útero sejam vistos como o Santo Graal? Era com isso realmente que os Cavaleiros Templários e o Priorado de Sião estavam envolvidos?

Em uma palavra, não.

O Santo Graal

As origens da lenda do Santo Graal são obscuras, talvez permaneçam envoltas nas névoas das lendas celtas sobre recipientes de sangue revigorador. Nosso primeiro, e um dos maiores textos escritos sobre o Graal, está num poema medieval, *Perceval*, de Chrètien de Troyes, que viveu no século 12.

Nessa e em outras lendas do período, a identificação precisa do que era exatamente o Santo Graal varia. Um lindo recipiente adornado com jóias, capaz de conter uma quantidade ilimitada de comida e de bebida. Foi a travessa de onde Jesus e os apóstolos se serviram do cordeiro pascal, foi a taça que Jesus usou na Última Ceia e foi o recipiente em que José da Arimatéia recolheu o sangue de Cristo que vertia do seu corpo na cruz.

Na lenda, o Graal muitas vezes é protegido por uma mulher, e sua existência é motivo para a peregrinação de muitos. As lendas do Graal são um misto de folclore, romance e mitologia religiosa. Embora haja muitos cálices espalhados pelo mundo aos quais se atribui o título de Santo Graal, como a taça que Jesus usou na Última Ceia, a Igreja nunca incorporou formalmente o reconhecimento do Graal em sua tradição.

Por causa do papel desempenhado por mulheres na proteção ao Graal, como também pelas ocasiões em que o Graal gera a imagem de uma criança sobre ele, o Graal carrega, realmente, algum simbolismo relacionado com parto e revigoramento. Entretanto, não há nenhuma tradição equiparando explicitamente, como Brown diz, o Graal aos símbolos da "deusa perdida", a Maria Madalena ou à linhagem de Jesus (como os autores de *Holy Blood, Holy Grail* afirmam). E a maioria dos estudiosos entende que essa imagem, quando usada num contexto cristão, evoca a Virgem Maria, cuja devoção voltada para ela explodiu no começo da Idade Média.

E quanto àquele terrivelmente excitante e chocante momento, no final do capítulo cinqüenta e oito, quando Teabing decompõe a palavra francesa *Sangreal*? Ele alega que a etimologia tradicional a divide em *San Greal* ou "Santo Graal", mas, ah, não — vamos ver o que acontece se quebrarmos a palavra em *Sang Real*: Significa Sangue Real! Eis a prova!

Tenho diante de mim um artigo sobre o Santo Graal da edição de 1914 da *Enciclopédia Católica*. Ele diz:

"A explicação de 'San greal' como 'sang real' (sangue real), não era corrente até o final da Idade Média."

O sangue real, no contexto das histórias tradicionais do Graal é, evidentemente, o sangue de Cristo. Essa decomposição da palavra não era uma grande novidade no fim da Idade Média ou em 1914, e nem é agora.

Os Cavaleiros Templários e o Priorado de Sião

As histórias que Brown conta sobre os Templários e o Priorado de Sião são baseadas no material de, se é que precisamos nos repetir mais uma vez, *Holy Blood, Holy Grail* e *The Templar Revelation*. A maior parte do que ele diz sobre eles não se baseia em fatos.

Para começar, é importante compreender que, em oposição ao que Brown diz no início do seu livro, o Priorado de Sião *não* era uma organização de verdade do modo como Brown descreve. Os documentos que ele cita, ao lado daquela lista famosa de grandes mestres, incluindo Victor Hugo e, evidentemente, Leonardo, são falsificações, colocadas na Biblioteca Nacional Francesa, provavelmente no final da década de 1950.

Bem resumidamente, a história é a seguinte:

Parece haver evidências de um Priorado de Sião surgindo na França no final do século 19, um grupo da direita dedicado a lutar contra o governo representativo.

O nome aparece de novo exatamente antes da Segunda Guerra Mundial, nos feitos de um homem chamado Pierre Plantard, um anti-semita que buscava "purificar e renovar" a França.

Em meados da década de 1950, Plantard começou a alegar que ele era o herdeiro do trono francês, da linha merovíngia. Ele formou um grupo chamado "Priorado de Sião", plantou falsos documentos atestando a antiguidade do grupo nas bibliotecas e nos arquivos franceses e difundiu o mito da "linhagem do sangue real de Jesus".

Como Laura Miller conclui em um artigo no *The New York Times* ("The Da Vinci Con", 22 de fevereiro de 2004):

"Por fim, entretanto, a legitimidade da história do Priorado de Sião repousa num escaninho de recortes e documentos pseudônimos que até mesmo os autores de *Holy Blood, Holy Grail* sugerem que foram plantados na Biblioteca Nacional por um homem chamado Pierre Plantard. Já nos anos 1970, um dos confederados de Plantard admitiu tê-lo ajudado a fabricar os materiais, inclusive os quadros genealógicos que identificavam Plantard como descendente dos merovíngios (e, presumivelmente, de Jesus Cristo) e a lista dos 'grão-mestres' do Priorado já falecidos. Nesse catálogo idiota de celebridades intelectuais destacam-se Botticelli, Isaac Newton, Jean Cocteau e, é claro, Leonardo da Vinci — e é a mesma lista que Dan Brown alardeia, juntamente com o alegado *pedigree* do século 9 do Priorado, como matéria introdutória de *O Código Da Vinci*, sob o título de 'Fato'. Plantard, finalmente desmascarado, era um patife inveterado com ficha criminal por fraude e filiação, no período da guerra, a grupos anti-semitas e de direita. O Priorado de Sião real era um grupo frágil e inofensivo de amigos com a mesma linha de pensamento e que foi formado em 1956.

"O logro de Plantard foi desmascarado por uma série de (ainda não traduzidos) livros franceses e um documentário da BBC de 1996, mas, embora bastante curioso, esse conjunto de revelações chocantes não se mostrou tão popular quanto a fantasia de *Holy Blood, Holy Grail*, ou, quanto a isso, como *O Código Da Vinci*."

> **Saint-Sulpice:** Em *O Código Da Vinci*, a Igreja de Saint-Sulpice (construída em 1646-1789) em Paris é usada pelo Priorado de Sião para esconder um segredo ligado ao Graal. A história mítica do priorado que nunca existiu cria essa associação, mas, na verdade, não há nenhuma associação. A "Linha Rosa" e o obelisco não têm nenhum sentido esotérico. A verdadeira história é que havia um número surpreendente de igrejas européias que se desdobravam também como observatórios astronômicos. Era aberto um buraquinho no teto ou na parede, e o movimento do sol era traçado ao longo de uma linha no chão. Quando o sol alcançava um determinado ponto, neste caso o obelisco, era o solstício de inverno ou de verão. (Para saber mais sobre esse assunto, veja *The Sun in the Church*, de J. L. Heilbron, Harvard University Press, 1999.)

Assim, simplesmente, o Priorado de Sião como um grupo milenar dedicado a proteger o Graal nunca existiu.

Os Cavaleiros Templários, entretanto, existiram. Seu grupo foi fundado na Terra Santa depois da conquista de Jerusalém no século 11. Os Cavaleiros, também chamados de Pobres Cavaleiros de Cristo e do Templo de Salomão, eram uma ordem monástica de cavaleiros. Eles eram "monásticos" no sentido de que faziam votos — inicialmente para proteger os sítios sagrados da Terra Santa e os peregrinos viajantes que lá estivessem — e viviam em obediência às regras que descreviam em linhas gerais as obrigações religiosas (oração diária e missa, conduzidas por padres da ordem) e exigências de comportamento:

"Algumas das instruções parecem ser dirigidas precisamente para a limitação dos excessos do comportamento da cavalaria.

Eles deveriam ser homens humildes com recursos limitados ... Não deveria haver torneios de combate e eles não deveriam sair à caça" (*The Warriors of the Lord*, de Michael Walsh, p. 156).

Os Templários ficaram poderosos durante os séculos 13 e 14, juntamente com outras ordens militares, inclusive com seus principais rivais, os Hospitalários. Eles acumularam muita riqueza e atuavam como um verdadeiro banco, tanto em Paris quanto em Londres.

Os Cavaleiros Templários têm alguma relação com a lenda do Graal? Não até o século 19, ao que parece, quando o interesse por sociedades secretas cresceu, especialmente em relação à maçonaria. Em 1818, um alemão chamado Joseph von Hammer-Purgstall escreveu um livro intitulado *Mystery of Baphomet Revealed*, no qual ele destaca uma suposta história de Cavaleiros Templários que os descrevia reverenciando Maomé e como guardiães do Santo Graal, que na versão dele não era o cálice da Última Ceia, mas algum tipo de conhecimento gnóstico e, especialmente, "um ramo especial de gnósticos que amaldiçoaram Cristo" (Walsh, p. 190). Especulações modernas sobre os Templários originam-se claramente desse tipo de texto.

Voltemos à história real. Os Templários certamente foram extintos, mas Brown não fornece os detalhes muito corretamente.

Ele acusa o Papa Clemente V, mas as evidências indicam muito claramente que foi o rei francês Filipe IV quem decidiu encarregar-se dos Templários, principalmente porque ele estava falido e eles tinham muitas riquezas. Sua primeira medida foi tomada em 13 de outubro de 1307. O Rei Filipe ordenou que todos os Templários da França fossem presos — não "em toda a Europa", como diz Brown, embora ele esteja certo com relação à associação que se fez a seguir dessa data, sexta-feira 13, com a má sorte.

O Papa Clemente estava zangado com a atitude de Filipe porque os Templários estavam sob sua proteção, mas, então, em

22 de novembro, ele cedeu à pressão e concordou com a ação repressiva por todo o continente.

> Os Cavaleiros Templários realmente inventaram e difundiram a arquitetura gótica como um meio de comunicar a importância do "sagrado feminino"? Não. Não há nenhum registro de Templários envolvidos com arquitetura, exceto na construção de suas próprias igrejas. O estilo gótico foi desenvolvido e aperfeiçoado de 1100 a 1500, primeiro na França, no sentido de explorar meios para construir paredes e arcos mais fortes e mais altos nas igrejas, permitindo a maior entrada de luz possível. As estruturas góticas são ricas de simbolismo, mas uma imitação consciente e explícita da anatomia feminina não é um dos seus elementos.

Ao tratar dos Templários, Brown freqüentemente se refere ao "Vaticano" como a fonte de decisões papais. Mais uma vez, ele está de tal forma errado que denuncia sua falta fundamental de familiaridade com o período. Durante esses anos, o Papa Clemente V não morava no Vaticano, nem mesmo na Itália. Ele vivia em Avignon, na França, virtualmente prisioneiro do Rei Filipe IV, sob tremenda pressão para cumprir as ordens do rei.

A Ordem dos Templários foi dissolvida finalmente em 1312 pelo Concílio de Viena, que, a princípio, tinha hesitado em fazer qualquer coisa, mas então agiram quando Filipe apareceu de repente junto aos portões da cidade. A condenação, como é apresentada pelo escritor Michael Walsh, "era somente provisória e não reconhecia a culpa dos Templários" (p. 173).

Ironicamente, as propriedades dos Templários foram doadas a outra grande ordem militar, a dos Hospitalários. O Rei Filipe não conseguiu tirar proveito de suas ações brutais e morreu, assim como o Papa Clemente V, no espaço de um ano.

Assim, quanto aos Templários, Brown exagera enormemente na antipatia de Clemente V pelo grupo, e deixa de atribuir a culpa à pessoa certa: o Rei Filipe da França.

Finalmente, Brown aborda mais uma questão de forma equivocada. Ele alega que o desenho circular da Temple Church em Londres é pagã, assim construída porque os Templários escolheram "ignorar" a arquitetura tradicional da Igreja e, em vez disso, venerar o Sol.

Se considerarmos que os Cavaleiros Templários eram, de acordo com cada fiapo de evidência, um grupo *católico* cujos membros juravam lealdade na defesa da fé católica, isso é muito improvável. Além disso, está errado, porque a Temple Church redonda foi, muito logicamente, construída imitando uma igreja que ficava em uma cidade muito importante para os Cavaleiros Templários: A Igreja do Santo Sepulcro, que marca o local determinado pela tradição como o túmulo de Jesus, em Jerusalém.

E que é, evidentemente, redonda.

Vale a pena acrescentar que "o Vaticano" não era nem ao menos a residência papal nesse período, mesmo que Clemente tenha estado lá. Do século 4 até o início do século 14, a residência papal foi no Latrão. Ela foi destruída pelo fogo em 1308, exatamente antes do cativeiro em Avignon, e foi somente quando o papado voltou para Roma, em 1377, que o Vaticano se tornou a residência papal.

Bibliografia Recomendada

The Grail: From Celtic Myth to Christian Symbol, de Roger Sherman Loomis, Princeton University Press, 1991.
The Warriors of the Lord: The Military Orders of Christendom, de Michael Walsh, William B. Eerdmans Publishing, 2003.

Questões para Revisão

1. O que a lenda sugere com relação à imagem do Santo Graal?
2. Que papel desempenharam os Cavaleiros Templários na história cristã?

Questão para Discussão

1. Na sua opinião, qual é o interesse despertado pela lenda do Santo Graal?

dez
O CÓDIGO CATÓLICO

A o terminar, você sai da leitura de *O Código Da Vinci* com uma imagem definida, e não muito favorável, da Igreja Católica Romana.

Evidentemente, o romance tenta às vezes proteger suas bases ao declarar que a moderna Igreja Católica certamente não se engajaria em ações pusilânimes, porque, ora essa!, tem feito tanta coisa boa. Mesmo que tenha feito tanta coisa ruim. E, afinal, é claro, os maus elementos católicos acabaram por se mostrar não tão ruins assim (exceto pela parte dos assassinatos), mas na realidade ingênuos nas mãos de Teabing, que se revelou como o misterioso "Mestre" manipulando os cordéis de todos.

Mas essa reviravolta não faz nada para diminuir o efeito global do romance — que a Igreja Católica Romana é uma instituição monolítica e severamente controlada, devotada a divulgar uma ficção para um mundo que anseia por ser livre.

Essa não é uma imagem incomum da Igreja Católica na cultura *pop*, e também não se limita à história recente. Leia qualquer coisa da rica propaganda verbal e pictórica anticatólica americana do século 19. É o mesmo material, só que numa linguagem mais floreada e com mais clérigos de chapéus pontudos gritantemente assustadores.

É uma imagem que perpassa todo *O Código Da Vinci*, mais vividamente ainda ao retratar o grupo da Opus Dei.

Opus Dei

Atualmente, chega quase a parecer que a Opus Dei tenha sido escolhida para desempenhar na cultura contemporânea o papel que a ordem dos jesuítas costumava representar, e durante séculos: um grupo severamente organizado, controlado diretamente pelo Vaticano, que se infiltra nas instituições mundiais a fim de obter poder e fazer... alguma coisa.

Os jesuítas, grupo fundado por Santo Inácio de Loyola em 1534 como uma ordem missionária e educadora, eram, de fato, tão altamente suspeitos que foram expulsos de muitos países europeus no final do século 18, e até reprimidos pelo papa em algumas regiões de 1773 a 1814. A ordem à qual se atribuíam atos obscuros teve papel destacado na literatura anticatólica, tanto de origem secular quanto protestante, e mesmo hoje em dia "jesuítico" não é um termo elogioso.

Nesse sentido, como um símbolo na mente popular de segredo e do mal mascarado de bem, a Opus Dei certamente, e infelizmente, substituiu a ordem jesuíta.

Existem mesmo pessoas que tiveram experiências negativas com a Opus Dei. Falam do fato de terem se sentido manipuladas para se tornarem membros da organização e de terem sido excessivamente controladas assim que se envolveram com ela. Para retratar por completo a Opus Dei, é importante ouvir essas pessoas e levar a sério suas histórias, mas o extraordinário é que as únicas fontes que Brown utilizou para descrever a Opus Dei em *O Código Da Vinci* são relatos negativos e desencantados. Esse é apenas um lado da história — um lado importante — mas, ainda assim, apenas um.

Em *O Código Da Vinci*, Brown levanta algumas coisas corretas sobre a Opus Dei. Sim, ela tem uma sede relativamente nova em Nova York. Sim, seus membros são devotados à piedade tradicional. Sim, é uma prelazia pessoal (em um minuto explicaremos isso).

E, sim, alguns membros praticam mortificações corporais.

Mas isso é tudo.

Em primeiro lugar, vamos esclarecer um tremendo erro. Silas, nosso violento assassino albino, é descrito como um "monge". Ele usa túnicas para provar isso.

A Opus Dei não tem "monges".

Antes de tudo, não é uma ordem religiosa, como a dos dominicanos, dos beneditinos ou (sim) dos jesuítas. Todo monge que você encontrar no Catolicismo Romano pertence a alguma ordem religiosa e vive em mosteiros ou ermidas.

A Opus Dei é uma associação de pessoas leigas e de padres. Há muito mais membros leigos na Opus Dei do que clérigos, porque foi criado a princípio pelo laicato em 1928, e foi somente quinze anos depois que a Priestly Society of the Holy Cross se estabeleceu, formalmente incorporando padres na obra da Opus Dei.

> Um "monge" é um homem que abandona a sociedade a fim de se dedicar a Deus por meio da prece. As mulheres que levam vida monástica são chamadas de "freiras".

O fundador da Opus Dei foi Josemaría Escrivá de Balaguer, um padre espanhol. Ele criou o grupo como um meio para as pessoas leigas espalharem seu apelo pessoal e único para a santidade por todo o mundo e crescerem no amor a Deus e a todas as pessoas. O primeiro e mais popular livro do Padre Escrivá, no qual é possível encontrar o espírito da Opus Dei (cujo significado é "obra de Deus"), chama-se *The Way*. Os ensinamentos do Padre Escrivá estão disponíveis também em outros livros, como *Christ is Passing By*, do qual foi extraída esta passagem:

"O fato de Jesus ter crescido e vivido exatamente como nós mostra como a existência humana e todas as atividades comuns do homem têm um sentido divino. Não interessa o quanto já possamos ter refletido sobre tudo isso, sempre ficaremos surpresos quando pensarmos nos trinta anos de obscuridade que constituem a maior parte da vida de Jesus entre os homens. Ele viveu na obscuridade, mas, para nós, esse período é cheio de luz. Ilumina nossos dias e os preenche de significado, porque somos cristãos comuns que levam uma vida comum, exatamente como milhões de outras pessoas espalhadas por todo o mundo" (p. 94).

Essa passagem resume apropriadamente o espírito da Opus Dei e também serve para corrigir aqueles que, mais uma vez, tenham sido convencidos por Brown de que o Cristianismo tradicional ignora a natureza humana de Jesus e as realidades da vida humana.

O Padre Escrivá morreu em 1975 e foi canonizado em 6 de outubro de 2002.

Evidentemente, não é esse espírito da Opus Dei que intriga as pessoas, ou mesmo causa estranhamento nas pessoas. São outros aspectos da vida do grupo, aspectos que Brown impinge em *O Código Da Vinci*.

A Opus Dei realmente tem diferentes níveis de associados, mas o que eles refletem é apenas uma variedade de níveis de comprometimento e de diferentes modos de vida. Todos os membros da Opus Dei seguem o mesmo "plano de vida" sob a orientação de um diretor espiritual, plano que engloba o Rosário, a Missa diária, leitura espiritual e preces mentais. Alguns, entretanto, fazem isso dentro do contexto da vida de casado — como supranumerários. Os membros numerários podem estar ainda trabalhando no mundo, mas estão comprometidos com o celibato, doam quase todo o salário para a Opus Dei e muitas vezes moram em comunidade nas casas da Opus Dei. Há outros membros, cada um com um papel exclusivo na "obra".

E o que é a obra? É simplesmente disseminar o chamado de Deus tão intensamente quanto possível. Isso pode implicar manter uma profissão no mundo, ou a participação num dos muitos ministérios da Opus Dei espalhados por todo o mundo: escolas de todos os tipos, programas de treinamento agrícola em países pobres, clínicas e outras instituições.

Um dos aspectos mais controversos da Opus Dei é um daqueles que foram mais destacados em *O Código Da Vinci*: a mortificação corporal ou física, por meio do uso do cilício, uma tira de couro com farpas usada em torno da coxa, e o uso da disciplina, uma corda com nós para flagelar.

Essa prática certamente parece estranha para muitas pessoas modernas, mas pode ser útil observar que a mortificação corporal, como prática espiritual, é encontrada em *todas as religiões do mundo*, de uma forma ou de outra: o jejum, às vezes em níveis extremos, rezar ou meditar em posições incômodas, e mesmo o uso proposital de roupas desconfortáveis ou andar descalço.

> A Opus Dei é uma prelazia pessoal, o que significa que os ministros que acolhe estão sob a autoridade do bispo do seu próprio grupo, não do bispo da diocese em que o trabalho está sendo feito. Assim ele é, de algum modo, semelhante a uma ordem religiosa, como a dos beneditinos ou dos dominicanos.

A mortificação espiritual do corpo, incluindo o uso desses instrumentos em particular, não foi inventada pela Opus Dei. Se você ler a vida dos santos, vai descobrir que muitos se sentiram atraídos por essas práticas. Por quê?

Alguns procuravam ficar mais perto de Cristo ao partilhar seus sofrimentos. Alguns as usavam como um meio de se penitenciar pelos próprios pecados ou pelos pecados alheios. Outros as viam como um meio efetivo para aumentar a autodisciplina, procurando alcançar um ponto em que seu espírito pudesse se concentrar em Deus e ficar contente com a sua presença, não importando o desconforto físico que pudessem estar experimentando.

É incomum, mas para alcançar alguma perspectiva, você precisa comparar isso às "morficações do corpo" que alguns de nós suportam para o bem da aparência física: jejuando, enfrentando a dor enquanto se exercita e até mesmo se submetendo a procedimentos — cirurgias — que drenam sangue e causam dor. Tudo pelo bem da aparência, o que significa, em essência, aquilo que os outros vêem quando nos olham.

Quem consegue crescer espiritualmente poderia argumentar que "sem dor não há vitória" é uma expressão que também se aplica à vida espiritual, pelo menos para ele.

Há também uma aura de segredo em torno da Opus Dei que incentiva a especulação, porque alguns aspectos dela são secretos. Por exemplo, a Opus Dei não publica listas com os nomes de seus membros e desencoraja seus afiliados a declarar sua condição.

O motivo, eles diriam, não é porque esteja se passando qualquer coisa de errado, mas por causa de um sentimento de humildade e obediência ao Evangelho. Jesus, no Evangelho de Mateus (veja 6:1-18), instrui seus seguidores a viver em santidade, mas fazendo isso quase em segredo. "Quando deres esmolas", diz ele, "não saiba a tua mão esquerda o que faz a tua direita." Quando você rezar, vá para o seu quarto, feche a porta e reze. Quando jejuar, não pareça melancólico (e, podemos supor, faminto!). Lave o rosto, diz Jesus, e unja a cabeça, para que não pareça que está jejuando.

É nesse espírito que os membros da Opus Dei mantêm suas práticas espirituais e sua associação debaixo de chave. O chamado deles, como eles o entendem, é para ser fermento e luz no mundo, simplesmente semeando "o caminho" enquanto fazem o trabalho de Deus em sua vida cotidiana.

Os Únicos Cristãos?

De certa forma, os católicos romanos lendo *O Código Da Vinci* deveriam ficar lisonjeados. Afinal, segundo a visão de Brown, do passado e do presente, a única personificação do Cristianismo que o mundo conheceu foi a Igreja Católica Romana.

Este não é, evidentemente, o caso. Por exemplo, grande parte da atividade teológica que cobrimos neste livro — a formação do cânone, as discussões sobre a natureza humana e divina de Jesus — estava centralizada não no Ocidente mas no Oriente, e envolvia em sua maioria bispos orientais. As Igrejas Oriental e Oriental Ortodoxa corporificam essa tradição antiga tão profundamente quanto a Igreja Católica Romana o faz.

E então, é claro, existem as Igrejas cristãs que emergem no despertar da Reforma, as quais, apesar das profundas diferenças com o Catolicismo e a Ortodoxia em questões que iam da justificação e salvação aos sacramentos, ainda continuavam a afirmar o entendimento doutrinário tradicional da natureza humana e divina de Jesus como era encontrado naqueles primeiros credos, entendimento que Teabing assegura violar a "história original" de Jesus. Algumas também se engajaram na caça às bruxas e hereges tanto quanto a Igreja Católica Romana (os bispos católicos, por exemplo, não estavam encarregados dos julgamentos no século 17 em Salem, Massachusetts).

Por alguma razão estranha, entretanto, não é o Cristianismo que Brown identifica como o criminoso, o inimigo das verdadeiras intenções de Jesus, mas somente a Igreja Católica, consistentemente e sem exceção. Isso, apesar de as Igrejas Ortodoxa e Protestante afirmarem a divindade de Cristo como foi definida tanto pelo Concílio de Nicéia quanto por outros concílios da Igreja primitiva, todas aceitando quase o mesmo cânone das Escrituras; e ainda mais diante do caso das Igrejas protestantes, que diminuíram o papel de Maria, a mãe de Jesus, em sua teologia e prática, e que podiam merecer críticas por banir o "sagrado feminino" da espiritualidade com muito mais rigor do que o catolicismo.

Assim, por tudo isso, pode ser que haja uma causa para caracterizar *O Código Da Vinci* como anticatólico. Não é somente porque Brown faz afirmações (muitas delas) sobre o catolicismo que não são verdadeiras, mas pelo fato de que ele decide fazer da Igreja Católica Romana a culpada pelos crimes — descrevendo enganosamente Jesus, reprimindo o "sagrado feminino" e rejeitando o verdadeiro papel de liderança de Maria Madalena — em função do que, se você seguir a lógica dele, todo o Cristianismo deveria ser julgado culpado.

Por que ele fez isso? Imagino que seja porque é mais simples, esse é o motivo. Esse é o pensamento mais caridoso: fazer isso para obter um texto menos complicado que possa ser lido com facilidade. Não um texto mais confiável, note bem, ou um texto mais fiel às complexidades da vida real e da história real, porque isso seria um pouco mais difícil de fazer do que tirar da manga da camisa vilões em túnicas esvoaçantes, chapéus esquisitos e carregando maletas cheias de dinheiro.

Assim — segundo *O Código Da Vinci*, os católicos são os únicos cristãos?

Bem, talvez, como eu disse, os católicos deveriam estar lisonjeados.

Nós, provavelmente, entenderemos se eles não estiverem.

Bibliografia Recomendada

Catholic Christianity, de Peter J. Kreeft, Ignatius Press, 2001.

Questões para Revisão

1. O que é a Opus Dei?
2. De que forma *O Código Da Vinci* apresenta de maneira enganosa o mundo cristão?

Questões para Discussão

1. Qual você acha que deva ser a resposta dos cristãos ao fato de sua fé ser retratada na cultura de forma negativa ou enganosa?
2. De que forma vemos as pessoas que se esforçam por espalhar a mensagem de Jesus no mundo moderno?

epílogo
POR QUE É IMPORTANTE

Se tivéssemos de encontrar qualquer coisa boa para se extrair do fenômeno *O Código Da Vinci*, seria o fato de ele ter estimulado grandemente o interesse por matérias importantes: quem era Jesus, o que foi o início do Cristianismo, o poder da arte e questões sobre masculino e feminino, e sobre espiritualidade.

A infelicidade foi o público leitor ter aceito as afirmações históricas feitas em *O Código Da Vinci* com tanto entusiasmo.

Esse entusiasmo trai falhas de toda sorte — uma falha de todos os tipos de Igreja na comunicação dos fatos mais básicos da história e da teologia cristã para seus membros. A credulidade com que os leitores aceitaram as afirmações de Brown de que os primeiros cristãos não viam Jesus como divino e a implicação geral de que a forma e o conteúdo do Cristianismo não passam de conseqüências de lutas pelo poder em sua base, são dados que deveriam servir de alerta a todos os que estão envolvidos no ministério.

O que é que estamos ensinando às pessoas sobre Jesus? Nada?

Chega de Fazer Sentido

Muitos leitores ficaram perturbados pelas afirmações feitas sobre a fé cristã que encontraram em *O Código Da Vinci*. Espero que este livro tenha reafirmado a você que a fé em Jesus como o Senhor é orgânica e fundamental para a fé cristã, e tem sido assim desde que o primeiro apóstolo saiu para pregar as Boas Novas.

Deixe-me estabelecer uma questão definitiva para tornar isso ainda mais claro.

Uma presunção básica de *O Código Da Vinci* é que o lado "vencedor" do Cristianismo dedicou-se a suprimir fatos sobre Jesus que eram incômodos, inaceitáveis, ou que simplesmente não queriam que fossem conhecidos.

Pense por um momento sobre a falta de lógica dessa afirmação. Eu apontei vários aspectos desse fato ao longo de todo o livro, e tudo, afinal, resume-se a isto:

O que Brown define como o lado "vencedor" e, deveríamos enfatizar, *falso*, da disputa cristã sofreu terrivelmente por causa de suas afirmações sobre Jesus.

A começar por Jesus, é claro.

Pense sobre isso. Se Jesus não fosse nada além do mestre gentil da narrativa de Brown, por que uma autoridade se daria ao trabalho de executá-lo? Por que se dariam ao trabalho de crucificá-lo, sendo a crucificação o método de execução reservado aos criminosos mais perversos e baixos?

E se ele fosse, na verdade, apenas um mestre executado de uma maneira tão terrível, por que seus seguidores abandonariam suas vidas normais e seguras para disseminar seus ensinamentos, colocando-se numa posição em que poderiam sofrer a mesma sorte?

Movendo-se ao longo dos séculos, o que fica tremendamente claro é que, à medida que os cristãos eram presos, torturados e encarcerados, eles não eram punidos por seguirem um filósofo. Eram punidos porque, como o Cristianismo era entendido, eles cultuavam um Deus, incorporado em Jesus de Nazaré, e essa submissão a ele os impedia de honrar a César como senhor ou deus. A visão deles de que Deus, por intermédio de Jesus, reinava como Senhor do universo era, muito francamente, ameaçadora.

Assim, a nossa busca por lógica, nesse ponto, nos leva em duas direções.

Primeiro, embora Brown diga que os cristãos primitivos não veneravam Jesus como o Senhor até o Concílio de Nicéia, podemos perceber que, se isso fosse verdade, haveria bem poucas razões para torná-los alvo de perseguições.

Segundo, se eles realmente não acreditavam que Jesus era o Senhor, se, por baixo de toda essa linguagem e liturgia que o proclamava como sendo, existisse uma crença num simples mestre mortal, por que eles simplesmente não mudavam suas histórias? Se eles não acreditavam que Jesus era o Senhor, e se essa era a crença que os estava atirando aos leões e mandando-os para as minas de sal... por que continuar o ardil?

Simplesmente não faz sentido.

A questão para nós, como pessoas interessadas em quem Jesus realmente é e no que o Cristianismo acredita em relação a ele, é esta:

O enredo todo de *O Código Da Vinci* sugere que o Cristianismo, como o conhecemos, é uma invenção e que a verdade foi abafada. Precisamos pensar muito e logicamente sobre isso. Qual o benefício que os apóstolos e os primeiros cristãos alcançariam por abafar a verdade? Isso trouxe para eles honras e louvores? Deixou-os ricos? Conseguiram poder? O que eles proclamavam tornou a vida deles mais confortável e segura?

Você passaria por aquilo que os primeiros cristãos enfrentaram por alguma coisa que soubesse que era uma mentira?

E, a propósito, o que houve com o corpo de Jesus?

O Encontro com Jesus

Escrevi este livro porque quis ajudar de algum modo os leitores curiosos a examinar as diversas questões interessantes levantadas em *O Código Da Vinci*.

No centro dessas questões fica não exatamente uma questão, mas uma pessoa: Jesus de Nazaré. Estou convencida de que, se tantos de nós aceitaram as alegações de *O Código Da Vinci* com tal credulidade, é porque nunca tentamos seriamente conhecer Jesus. Quer fôssemos freqüentadores da igreja ou não, mantivemos distância dele, deixando que outros nos dissessem o que pensar sobre ele, nunca nos dando ao trabalho de ler nem ao menos um Evangelho do começo ao fim. E, no final, absorvemos a noção, tão comum na nossa cultura, de que tudo de qualquer maneira é uma mera questão de opinião, com nenhuma verdade assegurada no seu âmago.

Bem, como o testemunho dos primeiros apóstolos tornou brilhantemente claro, não se trata de opiniões, mitos ou metáforas. Pedro, Paulo e, sim, Maria Madalena não deram suas vidas por uma metáfora. Eles viveram com Jesus como um ser humano e, misteriosamente, gloriosamente, como alguma coisa mais, e eles deram suas vidas — literalmente — a ele, a vida abundante, plena de graça, de que estavam repletos.

Qualquer efeito negativo de *O Código Da Vinci* repousa no fato de que, com toda a conversa sobre Jesus e sua esposa e o "sagrado feminino", mais a especulação em relação à "verdadeira história", a Verdadeira História se perdeu.

Jesus, crucificado, morreu e ressuscitou, Aquele cuja morte e a ressurreição muito reais nos libertam do poder da nossa muito real culpa e morte, através de quem a criação e Deus se reconciliam.

Mas, ainda uma vez, essa história não está realmente perdida. Não é segredo, tampouco, e não há nada que impeça qualquer um de nós de descobri-la.

Está curioso com relação a Jesus?

A verdade está tão perto quanto o livro que está na sua estante.

E, não, não é *O Código Da Vinci*.

Não deixe que um romancista que está na moda instrua você nos caminhos da fé. Volte para o começo e dirija-se à fonte: pegue a Bíblia.

Você pode ficar surpreso com o que vai encontrar.